^{문 여 하 의 서 벽 산}　　^{소 이 부 답 심 자 한}
問余何意棲碧山　　笑而不答心自閑

^{도 화 류 수 묘 연 거}　　^{별 유 천 지 비 인 간}
桃花流水杳然去　　別有天地非人間

무슨 생각으로 벽산에 사는지 내게 묻지만, 웃고서 대답 않으니 마음이 절로 한가롭다.

복숭아꽃 흐르는 물 아득히 멀어져 가니, 인간세상 아닌 세상이 여기 따로 있었구나.

李白

에피파니 에쎄 플라네르
Epiphany Essai Flaneur

중국 한시
그림 시집

中國漢詩名作選集

2

이수정(문학박사, 시인) 편역

편역자 일러두기

1. 이 책에는 선진(진대秦代 이전)시대에서 청대에 이르는 중국 한시의 정수를 거의 총망라 해 실었다. 일종의 중국 시가사詩歌史 라 보아도 좋다. 작품은 '좋은 것'과 '유명한 것'을 기준으로 골랐다.

2. 중국다움을 훼손하지 않기 위해 한국, 일본, 베트남의 한시는 배제했다. 그것은 따로 감상하기를 권한다.

3. 이천 수백 년의 작품들이다 보니 너무 방대해 아쉽게 빠진 것들도 많다. 특히 당대唐代 가 그렇다. 이 책을 현관 삼아 더 깊이 들어가 보시기를 권한다.

4. 배치는 대체로 작자의 시대순에 따랐다. 같은 작가의 것은 4언, 5언, 7언의 순으로, 그리고 같은 자수의 것은 길이가 짧은 것에서 긴 것 순으로 배치했다.

5. 학문적 책임성과 검색의 편의성을 위해 원시를 왼쪽 페이지에 함께 실었다. 그리고 한자가 낯선 젊은 세대를 위해 발음을 병기했다. 단, 두음법칙은 배제하고 원음으로 적었다. 번역문에서는 두음법칙을 적용했다(리백→이백).

6. 번역은 최대한 원작의 표현을 살리려 노력했다. 단, 음악성과 취지를 살리기 위해, 그리고 시각적 효과로 글자 수를 맞추기 위해 불가피하게 의역한 곳도 제법 있다.

7. 독자적으로 번역했지만, 기존의 번역들 중 아주 괜찮다고 생각되는 것은 일부 참고하기도 했다.

8. 이 책은 학문적 지식을 위한 교과서가 아니므로 순수한 작품으로서 즐기기를 기대한다.

- 에피파니Epiphany는 '책의 영원성'과 '정신의 불멸성'에 대한 오래된 새로운 믿음을 갖습니다

에피파니 에쎄 플라네르
Epiphany Essai Flaneur

중국 한시
그림 시집

中國漢詩名作選集

2

이수정(문학박사, 시인) 편역

에피파니

모시는 글

한시는 하나의 세계다.

인문학적 세계다.

우리의 감정과 사유가, 교양과 격조가 노니는 세계다.

여기엔 자연이 있고 삶이 있다.

일월성신, 춘하추동, 화조산수, 희로애락…

중국인은 말할 것도 없고

우리의 조상들도 2000년 세월 이 세계를 즐겼다.

일본인, 베트남인들도 즐겼다.

나는 40수년 전 고등학생 때

처음 이 세계를 접했다.

그때의 감동을 기억한다.

도연명, 이백, 두보, 백거이, 소동파…

그들은 거의 신선이었다.

절구, 율시, 배율, 4언, 5언, 7언

형식도 내용도 다 아름다웠다.

가지런한 운율이 특히 좋았다.

그때의 첫 자작시를 아직도 간직하고 있다.

'祕苑^{비 원}'이다.

池邊雅亭閑^{지 변 아 정 한}　못가에 참한 정자 한가롭고

處處鳥飛亂^{처 처 조 비 란}　곳곳에 새들 날아 어지럽다

忽現月宮娥^{홀 현 월 궁 아}　갑자기 달나라 선녀 나타나

嫻然依欄干^{한 연 의 란 간}　단아히 난간에 몸을 기댄다

지금 우리는 이런 세계를 잊어버린 듯하다.

너무 아깝다.

하여 이 책으로 그 문을 다시 연다.

많은 분들이 여기에 술상을 차렸으면 좋겠다.

대작對酌을 기다리고 있다.

저 기라성 같은 시인들이

중국에서 건너와.

　　　　　　　　　2019년 초봄 이수정

제2권 목차

제1권 목차

唐^당

勞勞亭 로로정

李白* 리백

天下傷心處	천하상심처
勞勞送客亭	로로송객정
春風知別苦	춘풍지별고
不遣柳條青	불견류조청

* 자字는 태백太白이다.

노로정

이백

천하는 마음을 아프게 하는 곳
노로정은 나그네를 보내는 정자.
춘풍은 이별의 괴로움을 알고
버들가지에 푸른 빛 보내지 않네.

怨情 원정

李白 리백

美人捲珠簾	미인권주렴
深坐顰蛾眉	심좌빈아미
但見淚痕濕	단견루흔습
不知心恨誰	부지심한수

원망하는 마음

이백

미인이 주렴을 걷고

깊숙이 앉아 눈썹을 찌푸리네.

그저 눈물 자국 젖은 것은 보이나

그 마음 누구를 원망하는지는 알 수가 없네.

秋浦歌 추포가

李白 리백

白髮三千丈	백발삼천장
緣愁似箇長	연수사개장
不知明鏡裏	부지명경리
何處得秋霜	하처득추상

추포에서 지은 노래

이백

백발이 삼천장이네.
근심으로 이리 올올이 길어졌으리.
알 수 없네 거울 속 저 늙은이는
어디에서 가을 서리를 얻어 왔는지.

自遣 자견

李白 리백

對酒不覺暝	대주불각명
落花盈我衣	락화영아의
醉起步溪月	취기보계월
鳥還人亦稀	조환인역희

스스로 떨쳐버림

이백

술을 마시느라 저문 줄 몰랐는데
떨어진 꽃잎이 내 옷에 수북하네.
취해 일어나 냇물의 달과 걸으니
새는 돌아갔고 사람도 거의 없네.

秋江待渡圖
盛懋

松梅雙鶴圖
沈銓

靜夜思 정야사

李白 리백

牀前看月光	상전간월광
疑是地上霜	의시지상상
擧頭望山月	거두망산월
低頭思故鄉	저두사고향

고요한 밤에 생각하다

이백

평상 앞 고이 내린 달빛을 보고
땅 위의 서리인가 의심하였네.
고개 들어 먼 산의 달을 보다가
고개 숙여 고향을 그리워하네.

夏日山中 하일산중

李白 리백

嬾搖白羽扇　　　란요백우선
裸體青林中　　　라체청림중
脫巾掛石壁　　　탈건괘석벽
露頂灑松風　　　로정쇄송풍

여름 산속

이백

백우선 부치기도 힘이 들어서
알몸으로 푸른 숲에 들어갔네.
망건은 벗어 바위에 걸어 두고
훌러덩 맨머리로 솔바람 쐬네.

友人會宿 우인회숙

李白 리백

滌蕩千古愁　　척탕천고수
留連百壺飮　　류련백호음
良宵宜且談　　량소의차담
皓月不能寢　　호월불능침
醉來臥空山　　취래와공산
天地卽衾枕　　천지즉금침

벗들과 모여 자며

이백

천고의 시름이 씻어지도록
한자리서 내달아 백병을 들이켜네.
좋은 밤 정답게 담소도 하고
달이 밝아 잠도 들지 못하네.
취해 와 고요한 산에 누우니
천지가 곧 이불이고 베개일세.

待酒不至 대주부지

李白 리백

玉壺繫靑絲	옥호계청사
沽酒來何遲	고주래하지
山花向我笑	산화향아소
正好銜杯時	정호함배시
晚酌東窓下	만작동창하
流鶯復在玆	유앵부재자
春風與醉客	춘풍여취객
今日乃相宜	금일내상의

기다리는 술은 오지 않고

이백

하얀 옥병에다 푸른 실 매어

술 사러 보냈건만 어찌 늦는가.

산꽃이 나를 보고 웃고 있으니

지금이 잔 머금기 딱 좋을 때네.

느지막이 동창 아래서 술을 하자니

흐르는 꾀꼬리 소리 또 여기 있네.

봄바람과 취객

오늘은 이에 더욱 서로 정답네.

釣得江鮮掉水涸錦
鱗斑穀逐釣素抛
賴尾喻紅腮不羨
裵逵唯釣臺

漁父圖
吳鎮

月下獨酌 월하독작

李白 리백

花間一壺酒	화간일호주
獨酌無相親	독작무상친
擧盃邀明月	거배요명월
對影成三人	대영성삼인
月旣不解飮	월기불해음
影徒隨我身	영도수아신
暫伴月將影	잠반월장영
行樂須及春	행락수급춘
我歌月排徊	아가월배회
我舞影凌亂	아무영릉란
醒時同交歡	성시동교환
醉後各分散	취후각분산
永結無情遊	영결무정유
相期邈雲漢	상기막운한

달빛 아래 홀로 술을 마시다

이백

꽃 사이에 놓인 한 동이 술을
친구도 없이 혼자 마시네.
잔 들어 밝은 달을 맞이하고서
그림자를 대하니 셋이 되었네.
달은 본래 술 마실 줄 모르고
그림자는 부질없이 내 흉내만 내네.
한동안 달과 그림자를 벗 삼고
행락은 모름지기 봄이 제격이지.
내가 노래하니 달은 서성이고
내가 춤을 추니 그림자는 어지럽네.
깨었을 땐 모두 같이 기뻐하다가
취한 뒤엔 제각기 흩어져가네.
길이 순수한 교유 저들과 맺어
아득한 저 은하를 기약해보네.

長干行 장간행

李白 리백

妾髮初覆額	첩발초복액
折花門前劇	절화문전극
郎騎竹馬來	랑기죽마래
遶牀弄青梅	요상롱청매
同居長干裡	동거장간리
兩小無嫌猜	량소무혐시
十四爲君婦	십사위군부
羞顏未嘗開	수안미상개
低頭向暗壁	저두향암벽
千喚不一回	천환불일회
十五始展眉	십오시전미
願同塵與灰	원동진여회
常存抱柱信	상존포주신
豈上望夫臺	기상망부대
十六君遠行	십륙군원행
瞿塘灩澦堆	구당염여퇴

장간행

이백

제 머리 처음 이마를 덮을 때쯤
꽃 꺾으며 문 앞에서 놀곤 했지요.
당신은 죽마를 타고 와서는
침상 둘러 청매실로 장난쳤지요.
같은 동네 장간리 안에 살면서
어린 둘은 스스럼없이 자랐는데
열넷에 당신의 아내가 되어
부끄러워 얼굴을 들 수 없었죠.
어두운 벽을 향해 고개 숙이고
천 번 불러 한 번을 못 돌아보다
열다섯에 마음을 놓게 되면서
같이 먼지와 재가 되길 바랐지요.
굳건한 믿음이 항상 있으니
망부대에 오를 일은 없지 했는데
열여섯에 당신은 멀리 떠나가
구당의 염여퇴에 이르렀군요.

五月不可觸	오월불가촉
猿聲天上哀	원성천상애
門前遲行跡	문전지행적
一一生綠苔	일일생록태
苔深不能掃	태심불능소
落葉秋風早	락엽추풍조
八月蝴蝶來	팔월호접래
雙飛西園草	쌍비서원초
感此傷妾心	감차상첩심
坐愁紅顏老	좌수홍안로
早晚下三巴	조만하삼파
預將書報家	예장서보가
相迎不道遠	상영부도원
直至長風沙	직지장풍사

오월이 되어도 만날 수 없고
원숭이 울음만 하늘 위에 애잔네요.
문 앞엔 오가는 발자취 뜸해
하나하나 푸른 이끼가 끼네요.
이끼가 뒤덮여도 쓸 수 없는데
벌써 낙엽 지고 가을바람 부네요.
팔월 되니 나비들 날아와서는
서쪽 동산 풀밭에서 짝지어 나네요.
이 모습 보노라니 제 가슴이 아파
근심스레 앉아서 고운 얼굴 늙어가요.
조만간 삼파를 떠나올 때면
미리 집으로 편지나 해주셔요.
서로 만날 마중 길 멀다 않고서
한걸음에 장풍사까지 달려갈게요.

三五七言 삼오칠언

李白 리백

秋風淸　　　　추풍청

秋月明　　　　추월명

落葉聚還散　　락엽취환산

寒鴉棲復驚　　한아서부경

相思相見知何日　상사상견지하일

此日此夜難爲情　차일차야난위정

가을 밤

이백

가을바람 맑고
가을 달은 밝다.
낙엽은 모였다가 또 흩어지고
까마귀 쉬더니만 또 푸득댄다.
생각나고 보고 싶고 어느 날에 만날까
오늘 이 밤 따라 마음 가누기 어렵다.

山中問答 산중문답

李白 리백

問余何意棲碧山 　　문여하의서벽산
笑而不答心自閑 　　소이부답심자한
桃花流水杳然去 　　도화류수묘연거
別有天地非人間 　　별유천지비인간

산속의 문답

이백

무슨 생각으로 벽산에 사는지 내게 묻지만
웃고서 대답 않으니 마음이 절로 한가롭다.
복숭아꽃 흐르는 물 아득히 멀어져 가니
인간세상 아닌 세상이 여기 따로 있었구나.

牡丹圖
趙之謙

牡丹
于非闇

山中與幽人對酌 산중여유인대작

李白 리백

兩人對酌山花開	량인대작산화개
一杯一杯復一杯	일배일배부일배
我醉欲眠卿且去	아취욕면경차거
明朝有意抱琴來	명조유의포금래

산속에서 은자와 함께 대작하며

이백

두 사람이 대작하는데 산꽃이 피어 있네.

한 잔 한 잔 또 한 잔

나는 취해 졸리니까 그대는 우선 가셨다가

내일 아침 생각 있으면 금이나 안고 오시게.

對酒問月 대주문월

李白 리백

青天有月來幾時	청천유월래기시
我今停盃一問之	아금정배일문지
人攀明月不可得	인반명월불가득
月行却與人相隨	월행각여인상수
皎如飛鏡臨丹闕	교여비경림단궐
綠烟滅盡淸輝發	록연멸진청휘발
但見宵從海上來	단견소종해상래
寧知曉向雲間沒	녕지효향운간몰
白兎搗藥秋復春	백토도약추부춘
姮娥細栖與誰隣	항아세서여수린
今人不見古時月	금인불견고시월
今月曾經照古人	금월증경조고인
古人今人若流水	고인금인약류수
共看明月皆如此	공간명월개여차
惟願當歌對酒時	유원당가대주시
月光長照金樽裏	월광장조금준리

술잔을 들고 달에게 묻다

이백

청천에 있는 저 달 언제 떠온 것인가
내 지금 잔 멈추고 하나 물어보나니
사람이 밝은 달을 잡아 둘 순 없어도
달은 왔다 갔다 사람을 따라다니네.
달빛은 선궁에 있는 비행 거울처럼
푸른 안개 다 걷히고 맑게 빛나네.
밤에 바다 위에서 오는 건 보이지만
새벽에 구름 사이로 지는 건 어찌 알리.
옥토끼는 가을 봄 없이 약초를 찧고
항아는 누구와 이웃해 친히 지내나.
지금 사람은 옛 달을 볼 수 없어도
지금 달은 옛사람도 비추었으리.
옛사람 지금 사람 흐르는 물 같지만
함께 본 밝은 달은 다 이와 같을지니.
오로지 바라는 건 노래하며 잔 들 때
달빛이여 오래도록 금잔 속 비춰주길.

黃鶴樓 황학루

崔顥 최호

昔人已乘黃鶴去	석인이승황학거
此地空餘黃鶴樓	차지공여황학루
黃鶴一去不復返	황학일거불부반
白雲千載空悠悠	백운천재공유유
晴川歷歷漢陽樹	청천력력한양수
芳草萋萋鸚鵡州	방초처처앵무주
日暮鄕關何處是	일모향관하처시
煙波江下使人愁	연파강하사인수

황학루

최호

옛 사람은 이미 황학 타고 떠나고
이곳엔 쓸쓸히 황학루만 남았구나.
황학은 한번 가고는 다시 안 오고
백운만 천 년 세월 하늘에 유유하네.
맑은 냇물에는 한양나무 역력하고
앵무주엔 향긋한 봄풀이 우거졌네.
날은 저무는데 내 고향은 어디인가
강 밑쪽 안개 물결 수심을 부추기네.

除夜作 제야작

高適 고적

旅館寒燈獨不眠　　　려관한등독불면

客心何事轉凄然　　　객심하사전처연

故鄉今夜思千里　　　고향금야사천리

霜鬢明朝又一年　　　상빈명조우일년

섣달 그믐날 밤에 지음

고적

여관 차가운 등불 홀로 잠 못 드니
나그네 마음 어이 이리 처량해지나.
고향은 오늘밤 생각건대 천 리 저쪽
허연 귀밑머리에 내일이면 또 일 년.

題破山寺後禪院 제파산사후선원

常建 상건

清晨入古寺	청신입고사
初日照高林	초일조고림
竹徑通幽處	죽경통유처
禪房花木深	선방화목심
山光悅鳥性	산광열조성
潭影空人心	담영공인심
萬籟此俱寂	만뢰차구적
但餘鐘磬音	단여종경음

파산사 뒤 선원을 제목 삼아

상건

맑은 새벽 오래된 절에 들르니
아침 햇살 높다란 숲을 비추네.
대밭 샛길 그윽한 데로 통하고
선방 앞에 꽃나무 우거져 있네.
산 빛에 새들은 그저 기뻐하고
못 그림자 마음을 텅 비워주네.
온갖 소리 이리 다 고요해지니
다만 남은 것은 은은한 종소리.

絶句 절구

杜甫 두보

江碧鳥逾白	강벽조유백
山靑花欲燃	산청화욕연
今春看又過	금춘간우과
何日是歸年	하일시귀년

절구

두보

강이 파라니 새는 더욱 더 희고
산이 푸르니 꽃은 불이 붙을 듯.
올봄 보아하니 또 지나가는데
어느 날이 집에 돌아갈 해이려나.

十萬圖
任熊

絶句 절구

杜甫 두보

遲日江山麗	지일강산려
春風花草香	춘풍화초향
泥融飛燕子	니융비연자
沙暖睡鴛鴦	사난수원앙

절구

두보

더뎌진 해에 강산은 아름답고
봄바람에 꽃과 풀은 향기롭다.
진흙이 녹으니 날고 있는 제비
모래가 따뜻해 졸고 있는 원앙.

倦夜 권야

杜甫 두보

竹凉侵臥內	죽량침와내
野月滿庭隅	야월만정우
重露成涓滴	중로성연적
稀星乍有無	희성사유무
暗飛螢自照	암비형자조
水宿鳥相呼	수숙조상호
萬事干戈裏	만사간과리
空悲淸夜徂	공비청야조

나른한 밤

두보

대숲의 서늘함 침실 안까지 스며들고
들의 달빛은 뜨락 구석에도 가득하다.
거듭 맺힌 이슬은 방울져 떨어지고
성긴 별은 한순간 깜빡깜빡 빛난다.
어둠에 나는 반디는 스스로 비춰주고
물가에 깃든 새들은 서로서로 부른다.
세상만사 온통 다 창칼 속에 있으니
공연히 슬퍼지네 맑은 밤 지나는 게.

春望 춘망

杜甫 두보

國破山何在	국파산하재
城春草木深	성춘초목심
感時花濺淚	감시화천루
恨別鳥驚心	한별조경심
烽火連三月	봉화련삼월
家書抵萬金	가서저만금
白頭搔更短	백두소갱단
渾欲不勝簪	혼욕불승잠

봄에 바라봄

두보

나라는 망했어도 산천은 변함없어
성터에도 봄이 와 초목이 우거졌네.
이를 느낄 때 꽃을 봐도 눈물 나고
한스러운 헤어짐에 새도 푸득 놀라네.
석 달을 연이어 봉화가 피어오르니
집에서 온 서신은 천만금 못지않네.
흰머리는 긁을수록 더욱 드물어져
이젠 거의 비녀도 견디지를 못하네.

月夜 월야

杜甫 두보

今夜鄜州月	금야부주월
閨中只獨看	규중지독간
遙憐小兒女	요련소아녀
未解憶長安	미해억장안
香霧雲鬟濕	향무운환습
淸輝玉臂寒	청휘옥비한
何時倚虛幌	하시의허황
雙照淚痕乾	쌍조루흔건

달밤

두보

이 밤 부주에도 떠 있을 저 달을
방안에서 아내 홀로 보고 있겠지.
멀리 있는 안쓰러운 어린 자식들
장안의 아비는 기억도 못 하겠지.
은은한 안개는 아내 머리 적시고
옥처럼 고운 팔 달빛에 차가우리.
언제면 고요한 방 휘장에 기대어
둘이서 달빛에 눈물 자국 말릴까.

天竺雉鶏圖
任頤

秋興八景圖
董其昌

贈衛八處士 증위팔처사

杜甫 두보

人生不相見　　　인생불상견

動如參與商　　　동여삼여상

今夕復何夕　　　금석부하석

共此燈燭光　　　공차등촉광

少壯能幾時　　　소장능기시

鬢髮各已蒼　　　빈발각이창

訪舊半爲鬼　　　방구반위귀

驚呼熱中腸　　　경호열중장

焉知二十載　　　언지이십재

重上君子堂　　　중상군자당

昔別君未婚　　　석별군미혼

兒女忽成行　　　아녀홀성항

怡然敬父執　　　이연경부집

問我何方來　　　문아하방래

問答未及已　　　문답미급이

驅兒羅酒漿　　　구아라주장

위팔처사에게 줌

두보

사람의 삶이란 게 서로 보지 못하면
삼별과 상별 같이 변해버리는데
오늘 저녁 다시 이 무슨 저녁인지
함께 이렇게 촛불을 밝히게 되었네.
젊고 정정한 때가 얼마나 되겠는가
귀밑머리 각자 이미 하얗게 세버렸네.
친구들 찾아보니 반이 이미 귀신 되어
놀라 불러봐도 창자만 뜨거우이.
어찌 알았겠나 헤어진 지 이 십년에
이렇게 자네 집에 다시 오게 될 줄이야.
옛날 헤어질 땐 자네 미혼이었는데
자녀들이 느닷없이 줄줄이 나타나네.
기쁘게 아버지의 친구를 떠받들며
어디서 오셨는지 나에게 묻네그려.
물음에 답이 채 끝나기도 전인데
아이 시켜 술과 음료 차려 놓았네.

夜雨剪春韮　　　　야우전춘구

新炊間黃梁　　　　신취간황량

主稱會面難　　　　주칭회면난

一擧累十觴　　　　일거루십상

十觴亦不醉　　　　십상역불취

感子故意長　　　　감자고의장

明日隔山岳　　　　명일격산악

世事兩茫茫　　　　세사량망망

밤비 속에 봄 부추를 뜯어 무치고
갓 지은 밥 속엔 기장도 섞여 있네.
주인은 얼굴 보기 어렵다 핑계 삼아
단번에 열 잔 술을 연거푸 권하는데
열 잔을 다 마셔도 취하지를 않으니
자네의 옛정이 그대로임을 느끼겠네.
내일이면 산을 넘어 헤어지게 될 텐데
세상일 우리 둘 다 아득할 따름일세.

新婚別 신혼별

杜甫 두보

兎絲附蓬麻　　　토사부봉마

引蔓故不長　　　인만고부장

嫁女與征夫　　　가녀여정부

不如棄路傍　　　불여기로방

結髮爲君妻　　　결발위군처

席不煖君牀　　　석불난군상

暮婚晨告別　　　모혼신고별

無乃太忽忙　　　무내태총망

君行雖不遠　　　군행수불원

守邊赴河陽　　　수변부하양

妾身未分明　　　첩신미분명

何以拜姑嫜　　　하이배고장

父母養我時　　　부모양아시

日夜令我藏　　　일야령아장

生女有所歸　　　생녀유소귀

雞狗亦得將　　　계구역득장

신혼의 이별

두보

새삼이 쑥대에 붙어서 사는 것은
덩굴을 끌고서는 크지를 못해서니
출정할 사람에게 딸을 시집보내는 것은
길가에다 버리는 것만도 못한 거지요.
머리 올려 당신의 아내가 되어
당신 침상 자리가 따스할 새도 없이
저녁에 결혼하여 새벽에 고별하니
어찌 너무나도 황망하지 않겠어요.
당신 가시는 길 비록 멀지 않지만
변방을 지키러 하양에 간다지요.
나의 신분 아직 분명치도 않은데
시부모껜 어떻게 절을 해야 할지.
부모님 나를 기르실 적에
밤낮으로 집안에 감춰뒀지만
딸을 낳으면 돌아갈 곳 있다 하여
닭과 개도 또한 앞장서게 되었지요.

君今往死地　　　　　군금왕사지

沈痛迫中腸　　　　　침통박중장

誓欲隨君去　　　　　서욕수군거

形勢反蒼黃　　　　　형세반창황

勿爲新婚念　　　　　물위신혼념

努力事戎行　　　　　노력사융행

婦人在軍中　　　　　부인재군중

兵氣恐不揚　　　　　병기공불양

自嗟貧家女　　　　　자차빈가녀

久致羅襦裳　　　　　구치라유상

羅襦不復施　　　　　나유불부시

對君洗紅粧　　　　　대군세홍장

仰視百鳥飛　　　　　앙시백조비

大小必雙翔　　　　　대소필쌍상

人事多錯迕　　　　　인사다착오

與君永相望　　　　　여군영상망

당신 이제 사지로 가게 되니

침통함이 창자 속까지 밀어닥치네요.

맹세코 당신을 따라가고 싶지만

그러면 사정이 되레 황망해지겠지요.

신혼이란 생각은 하지 마시고

군대의 일에나 부디 힘쓰시기를.

아녀자가 군대에 함께 있으면

병사들의 사기가 떨어질까 두렵네요.

스스로 한탄하니 가난한 집 딸이

어렵게 비단 치마저고리 장만했건만

비단 저고리는 다시 입지를 않고

당신 보는 앞에서 화장을 지우네요.

고개 들어 온갖 새들 나는 걸 보니

크나 작으나 반드시 쌍으로 나는군요.

사람 사는 일에는 어긋남 많다지만

당신 함께 오래 마주 볼 수 있었으면.

夜 야

杜甫 두보

露下天高秋水清 로하천고추수청
空山獨夜旅魂驚 공산독야려혼경
疎燈自照孤帆宿 소등자조고범숙
高月猶懸雙杵鳴 고월유현쌍저명
南菊再逢人臥病 남국재봉인와병
北書不至雁無情 북서부지안무정
步簷倚杖看牛斗 보첨의장간우두
銀漢遙應接鳳城 은한요응접봉성

밤

두보

이슬 내리고 하늘 높고 가을 물은 맑은데
빈산에 홀로인 밤 나그네 마음 섬뜩하다.
성긴 등불 자기를 비추는 외로운 돛배 여숙
높은 달 아직 걸려 있고 다듬이 울려온다.
남에서는 국화가 또 피어도 사람은 몸져눕고
북에서는 편지가 안 오니 기러기도 무정하다.
처마 밑을 걷다가 지팡이 짚고 별을 보니
은하수는 아득히 황성에 닿아 있다.

宣文君授經圖
陳洪綬

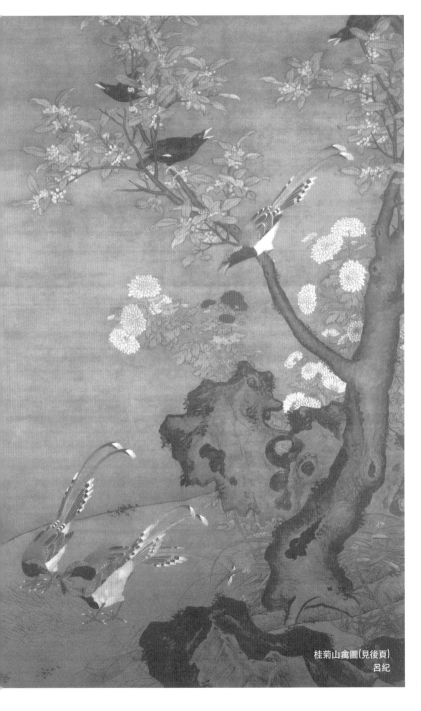

桂菊山禽圖(見後頁)
呂紀

登高 등고

杜甫 두보

風急天高猿嘯哀	풍급천고원소애
渚清沙白鳥飛廻	저청사백조비회
無邊落木蕭蕭下	무변락목소소하
不盡長江滾滾來	부진장강곤곤래
萬里悲秋常作客	만리비추상작객
百年多病獨登臺	백년다병독등대
艱難苦恨繁霜鬢	간난고한번상수
潦倒新停濁酒杯	료도신정탁주배

높은 곳에 올라

두보

바람 세고 하늘 높고 원숭이 울음 슬프고
물가 맑고 모래 희고 새는 날아 빙빙 도네.
하염없는 낙엽은 쓸쓸히 날리는데
끝없는 장강은 거침없이 흘러오네.
만 리 먼 길 슬픈 가을 언제나 나그네고
백년토록 병 많은 몸 홀로 대에 오르네.
어렵고 힘든 일에 흰머리만 무성하고
초라히 늙어 이젠 탁주 잔도 멈추었네.

曲江 곡강

杜甫 두보

朝回日日典春衣	조회일일전춘의
每日江頭盡醉歸	매일강두진취귀
酒債尋常行處有	주채심상행처유
人生七十古來稀	인생칠십고래희
穿花蛺蝶深深見	천화협접심심견
點水蜻蜓款款飛	점수청정관관비
傳語風光共流轉	전어풍광공류전
暫時相賞莫相違	잠시상상막상위

곡강못

조회가 파하면 매일 봄옷 잡혀놓고
날마다 강가에서 만취하여 돌아오네.
술 빚이야 으레 가는 곳마다 있지만
인생 칠십 살기는 옛날부터 드문 일.
꽃을 파는 호랑나비 깊숙한 데서 보이고
물에다 점 찍으며 잠자리는 천천히 나네.
전하는 옛말에 풍광은 함께 변한다 하니
잠시나마 서로 즐겨 어긋나지 말게 하세.

江村 강촌

杜甫 두보

清江一曲抱村流 　　청강일곡포촌류

長夏江村事事幽 　　장하강촌사사유

自去自來梁上燕 　　자거자래량상연

相親相近水中鷗 　　상친상근수중구

老妻畫紙爲碁局 　　로처화지위기국

稚子敲針作釣鉤 　　치자긍침작조구

多病所須唯藥物 　　다병소수유약물

微軀此外更何求 　　미구차외갱하구

강마을

두보

맑은 강물 한줄기 마을 안고 흐르고
긴 여름날 강 마을 모든 게 한가롭다.
들보 위 제비는 제 멋대로 드나들고
물 가운데 갈매기 서로 친해 정답다.
늙은 아내는 종이에 바둑판을 그리고
어린 아이는 바늘 두드려 낚싯바늘을 만든다.
병 많으니 필요한 건 그저 약뿐인데
하찮은 몸 이 밖에 무얼 더 바라겠나.

山房春事 산방춘사

岑參 잠삼

梁園日暮亂飛鴉　　　량원일모란비아
極目蕭條三兩家　　　극목소조삼량가
庭樹不知人去盡　　　정수부지인거진
春來還發舊時花　　　춘래환발구시화

산방의 봄 경치

잠삼

양원에 해 저무니 어지러이 나는 까마귀
눈길 닿는 곳엔 쓸쓸한 집 두세 채뿐.
뜰의 나무는 사람들 다 떠난 줄도 모르고
봄이 오니 예전 그 꽃 또다시 피워냈네.

山中留客 산중류객

張旭 장욱

山光物態弄春暉　　산광물태롱춘휘
莫爲輕陰便擬歸　　막위경음변의귀
縱使淸明無雨色　　종사청명무우색
入雲深處亦沾依　　입운심처역점의

산속에 머무는 나그네

장욱

산빛이며 보이는 게 다 봄 경치 즐기는데
날씨 좀 흐리다고 바로 돌아갈 생각 말게.
설령 비 기색 전혀 없는 맑은 날이더라도
구름 깊은 곳에 들면 옷은 젖기 마련이네.

竹石圖
李衎

春山夜月 춘산야월

于良史 우량사

春山多勝事	춘산다승사
賞玩夜忘歸	상완야망귀
掬水月在手	국수월재수
弄花香滿衣	롱화향만의
興來無遠近	흥래무원근
欲去惜芳菲	욕거석방비
南望鐘鳴處	남망종명처
樓臺深翠微	루대심취미

봄 산의 밤 달

우량사

봄 산에 좋은 일이 많다가 보니
즐기다가 밤 되도록 돌아가는 것도 잊었네.
물을 움켜 뜨니 손 안에 달이 있고
꽃을 갖고 노니 옷에 향기 가득하네.
흥에 겨워 멀리 가까이 막 돌아다니다가
떠나려 하니 꽃과 향초 너무 아쉽네.
남쪽에 종소리 나는 곳 바라다보니
누대가 아련한 푸른빛 속에 깊이 잠겼네.

滁州西澗 저주서간

韋應物 위응물

獨憐幽草澗邊生	독린유초간변생
上有黃鸝深樹鳴	상유황리심수명
春潮帶雨晚來急	춘조대우만래급
野渡無人舟自橫	야도무인주자횡

저주*의 서쪽 계곡물

위응물

골짜기 물가에 자란 풀숲 저 홀로 어여쁘고
저 위엔 꾀꼬리 있어 나무 깊이서 울고 있다.
봄 강물은 비를 몰고서 밤 되니 더욱 세찬데
나루터엔 사람은 없고 배만 절로 비껴 있다.

* 지명. 안휘성安徽省 동부에 위치해 있다.

秋夜寄邱員外 추야기구원외

韋應物 위응물

懷君屬秋夜　　　회군촉추야

散步詠涼天　　　산보영량천

空山松子落　　　공산송자락

幽人應未眠　　　유인응미면

가을밤에 구원외에게 부침

위응물

그대 그리운데 때는 마침 가을밤
산보하며 서늘한 날씨 시로 읊네.
텅 빈 산에 솔방울 툭 떨어지니
은자는 응당 아직 잠 못 이루리.

燕居卽事 연거즉사

韋應物 위응물

蕭條竹林院	소조죽림원
風雨叢蘭折	풍우총란절
幽鳥林上啼	유조림상제
靑苔人迹絶	청태인적절
燕居日已永	연거일이영
夏木紛成結	하목분성결
几閣積群書	궤각적군서
時來北窓閱	시래북창열

한가로이 지내며 바로 느낀 일

위응물

호젓이 대숲 속에 들어앉은 집
비바람에 떨기 난초 더러 꺾이네.
그윽이 사는 새는 숲에서 지저귀고
이끼만이 푸르러 인적도 끊어졌네.
한가로이 지낸 날이 이미 오래고
여름 나무 어지러이 엉키어 있네.
책상과 선반에 쌓인 수북한 책들
이따금 북창에 와서 읽기도 하네.

秋暑多病暍心大悶行路遲遲岡
嶼松清陰滿庭戶寒泉溜崖
石向雲集朝暮陰氣如金玉同
子犬無廢息景以消搖安愜言
思與晤避學親友秋暑避
親將事于役目寫幽悃寒松并
題五言以贈云若招隱之意方爭七
月十八日俔儐

幽潤寒松圖
倪瓚

織婦辭 직부사

孟郊 맹교

夫是田中郎	부시전중랑
妾是田中女	첩시전중녀
當年嫁得君	당년가득군
爲君秉機杼	위군병기저
筋力日已疲	근력일이피
不息窓下機	불식창하기
如何織紈素	여하직환소
自著襤褸衣	자저남루의
官家榜村路	관가방촌로
更索栽桑樹	경색재상수

베 짜는 아낙네 얘기

맹교

남편은 밭일하는 농군이고요
저 또한 밭일하는 아낙이지요.
올해에 시집와서 신랑을 얻고
그이 위해 베틀북을 잡았답니다.
근력은 나날이 지쳐가지만
창 아래 베틀은 쉬지 않았지요.
어찌 희고 고운 비단 짜면서
나는 남루한 옷만 입는지.
관가에서 마을길에 방 붙였는데
글쎄 뽕나무 더 심으라네요.

寄遠曲 기원곡

張籍 장적

美人來去春江暖　　　미인래거춘강난
江頭無人湘水滿　　　강두무인상수만
浣絲石上水禽棲　　　완사석상수금서
江南路長春日短　　　강남로장춘일단
蘭舟桂楫常渡江　　　란주계즙상도강
無因重寄雙瓊瑞　　　무인중기쌍경당

멀리 부치는 노래

장적

그분 왔다 가고도 봄 강은 따스한데
강나루엔 사람 없고 강물만 가득하네.
빨래하던 바위 위는 물새가 깃들이고
강남길은 멀고먼데 봄날은 짧기만 해
난초 배, 계수 노로 늘 강을 건너지만
왠지 한 쌍 옥 귀고리 부치지를 못하네.

春望詞 춘망사

薛濤 설도

花開不同賞　　　화개부동상
花落不同悲　　　화락부동비
欲問相思處　　　욕문상사처
花開花落時　　　화개화락시

攬草結同心　　　람초결동심
將以遺知音　　　장이유지음
春愁正斷絶　　　춘수정단절
春鳥復哀吟　　　춘조부애음

風花日將老　　　풍화일장로
佳期猶渺渺　　　가기유묘묘
不結同心人　　　불결동심인
空結同心草　　　공결동심초

那堪花滿枝　　　나감화만지

봄에 바라봄

설도

꽃이 펴도 함께 즐길 수 없고
꽃이 져도 함께 슬퍼 못 하네.
묻고 싶네 그리운 님 계신 곳
꽃이 피고 또 지는 이 계절에.

풀 뜯어 동심결로 매듭을 지어
그대에게 속내를 보내려 하네.
봄 시름이 이제 막 다하려는데
봄 새가 또다시 애달피 우네.

바람에 꽃은 날로 시드려 하고
꽃다운 기약은 아득하기만 한데
한마음 그대와는 맺지 못하고
공연히 동심초만 맺고 있다네.

어쩌나 가지 가득 피어난 저 꽃

翻作兩相思　　　　번작량상사

玉箸垂朝鏡　　　　옥저수조경

春風知不知　　　　춘풍지부지

날리어 그리움으로 변하고 있네.

옥같은 눈물줄기 거울에 비친 것을

봄바람은 아는 건지 모르는 건지.

問劉十九 문류십구

白居易* 백거이

綠蟻新醅酒	록의신배주
紅泥小火爐	홍니소화로
晚來天欲雪	만래천욕설
能飲一杯無	능음일배무

* 자字는 낙천樂天이다.

유종원에게 물어본다

백거이

새로 담근 술 익어 거품이 일고
작은 화로에는 숯불이 이글이글.
저녁 되자 하늘은 눈이 내릴 듯
와서 한잔 할 수는 없으신 건지.

江帆樓閣圖
李思訓

梅
石鲁

夜雪 야설

白居易 백거이

已訝衾枕冷　　이아금침랭
復見窓戶明　　부견창호명
夜深知雪重　　야심지설중
時聞折竹聲　　시문절죽성

밤눈

백거이

이부자리 썰렁한 게 좀 의아하여
다시 보니 창문이 환하게 밝네.
야심한데 눈이 무거운 줄 아는 것은
이따금 들리는 부러지는 대 소리.

夜雨 야우

白居易 백거이

早蛩啼復歇	조공제부헐
殘燈滅又明	잔등멸우명
隔窓知夜雨	격창지야우
芭蕉先有聲	파초선유성

밤비

백거이

새벽 귀뚜라미 울었다 다시 쉬고
남은 등불은 꺼질 듯 다시 밝네.
창밖에 밤비 내린다 알려주는 건
파초가 먼저 빗소리를 내서라네.

池窓 지창

白居易 백거이

池晚蓮芳謝　　　지만련방사
窓秋竹意深　　　창추죽의심
更無人作伴　　　경무인작반
唯對一張琴　　　유대일장금

연못 쪽 창

백거이

연못에 해 저무니 연꽃 향 잦아들고
창에 비친 가을은 대나무 정취 깊네.
밤이라 사람 없어 동무 삼지 못하고
오로지 마주한 건 한 대의 금뿐일세.

早秋獨夜 조추독야

白居易 백거이

井梧涼葉動	정오량엽동
隣杵秋聲發	린저추성발
獨向簷下眠	독향첨하면
覺來半牀月	각래반상월

초가을 외로운 밤

백거이

우물가 오동 시원한 잎새 흔들고
이웃집 다듬이 가을 소리 내누나.
혼자서 처마 아래서 꾸벅 졸다가
깨보니 평상에 절반 달이 와있네.

元王蒙畫荊溪濕翠

清謝遂仿唐人大禹治水圖

燕詩 연시

白居易 백거이

梁上有雙燕　　　　량상유쌍연

翩翩雄與雌　　　　편편웅여자

銜泥兩椽間　　　　함니량연간

一巢生四兒　　　　일소생사아

四兒日夜長　　　　사아일야장

索食聲孜孜　　　　색식성자자

青蟲不易捕　　　　청충불이포

黃口無飽期　　　　황구무포기

觜爪雖欲敝　　　　취조수욕폐

心力不知疲　　　　심력부지피

須臾十來往　　　　수유십래왕

猶恐巢中飢　　　　유공소중기

辛勤三十日　　　　신근삼십일

母瘦雛漸肥　　　　모수추점비

喃喃教言語　　　　남남교언어

一一刷毛衣　　　　일일쇄모의

제비 시

백거이

대들보 위에 한 쌍의 제비가 있는데
훨훨 나는 수컷과 암컷이로세.
양 서까래 사이 진흙 물어다 놓더니
한 둥지에 네 마리 새끼를 깠네.
네 새끼에게 하루는 길어
먹이 찾는 소리 지지배배
푸른 벌레는 쉽게 잡히지 않고
노란 입들은 배부를 때가 없네.
부리와 발톱 비록 닳으려 해도
마음만은 힘든 줄 알지 못하네.
잠깐 사이 열 번을 왔다가 가도
도리어 둥지 안 새끼들 배고플까 두렵네.
그렇게 고된 일과 삼십일 되니
어미는 마르고 새끼는 점점 살이 붙네.
옹알옹알 말도 가르쳐주고
하나하나 깃털도 골라주네.

一旦羽翼成　　　　일단우익성
引上庭樹枝　　　　인상정수지
擧翅不回顧　　　　거시불회고
隨風四散飛　　　　수풍사산비
雌雄空中鳴　　　　자웅공중명
聲盡呼不歸　　　　성진호불귀
卻入空巢裡　　　　각입공소리
啁啾終夜悲　　　　조추종야비
燕燕爾勿悲　　　　연연이물비
爾當返自思　　　　이당반자사
思爾爲雛日　　　　사이위추일
高飛背母時　　　　고비배모시
當時父母念　　　　당시부모념
今日爾應知　　　　금일이응지

하루아침에 날개가 제대로 되어
정원의 나뭇가지로 올라가더니
날개를 들어 뒤도 안 돌아보고
바람 따라 사방으로 흩어져 날아가네.
암수 부모 제비 공중에서 울며
목 쉬도록 불러도 돌아오지를 않네.
지쳐 빈 둥지 안에 돌아와서는
재재재재 밤새도록 슬퍼하누나.
제비야 제비야 너 슬퍼 말아라.
너 자신을 돌이켜 생각해봐라.
너의 어렸던 날을 생각해봐라.
높이 날아 어미를 등지던 때를.
당시의 부모를 생각해보면
오늘의 너희도 응당 알리라.

婦人苦 부인고

白居易 백거이

蟬鬢加意梳	선빈가의소
蛾眉用心掃	아미용심소
幾度曉粧成	기도효장성
君看不言好	군간불언호
妾身重同穴	첩신중동혈
君意輕偕老	군의경해로
惆悵去年來	추창거년래
心知未能道	심지미능도
今朝一開口	금조일개구
語少意何深	어소의하심
願引他時事	원인타시사
移君此日心	이군차일심
人言夫婦親	인언부부친
義合如一身	의합여일신
及至死生際	급지사생제
何曾苦樂均	하증고락균

부인의 고충

백거이

늘어진 귀밑머리 신경 써 빗고
고운 눈썹 마음 써 칠해도 보네.
몇 번이나 새벽 단장 곱게 했지만
낭군은 보고도 좋단 말을 안 하네.
이 몸은 같이 묻히길 중히 여기나
낭군은 백년해로 가벼이 생각하네.
전부터 섭섭하고 원망도 하였지만
마음에만 담아두고 말은 못했었네.
오늘 아침에야 처음 입을 여는데
말은 적지만 뜻은 얼마나 깊은지.
원컨대 다른 때 일을 되돌아보아
낭군의 지금 마음에 옮겨 왔으면.
사람들 말이 부부는 친한 관계라
뜻을 맞추기가 한 몸과 같다지만
사람 죽고 사는 때에 이르러서는
애당초 고락이 어찌 똑같을 텐가.

婦人一喪夫	부인일상부
終身守孤子	종신수고혈
有如林中竹	유여림중죽
忽被風吹折	홀피풍취절
一折不重生	일절부중생
枯死猶抱節	고사유포절
男兒若喪婦	남아약상부
能不暫傷情	능불잠상정
應似門前柳	응사문전류
逢春易發榮	봉춘이발영
風吹一枝折	풍취일지절
還有一枝生	환유일지생
爲君委曲言	위군위곡언
願君再三聽	원군재삼청
須知婦人苦	수지부인고
從此莫相輕	종차막상경

여자는 남편이 죽어 혼자가 되면
종신토록 혈혈단신 지켜야 하나
마치 숲 속에 있는 대나무 같아
갑자기 바람 불어와 꺾이게 되네.
한 번 꺾이면 다신 살 수가 없고
말라 죽어도 절개는 지켜야 하네.
남자는 만약 아내가 죽는다 해도
잠깐 아픈 마음 없지야 않겠지만
마치 문 앞의 버드나무와 같아서
봄이 오면 쉬이 다시 무성해지고
바람 불어 한 가지가 꺾이더라도
다시금 또 한 가지가 생겨난다네.
낭군께 간곡히 부탁 말씀드리니
원컨대 낭군은 재삼 들어보시어
모름지기 부인의 괴로움을 아시고
이제부턴 가벼이 하지 말아주세요.

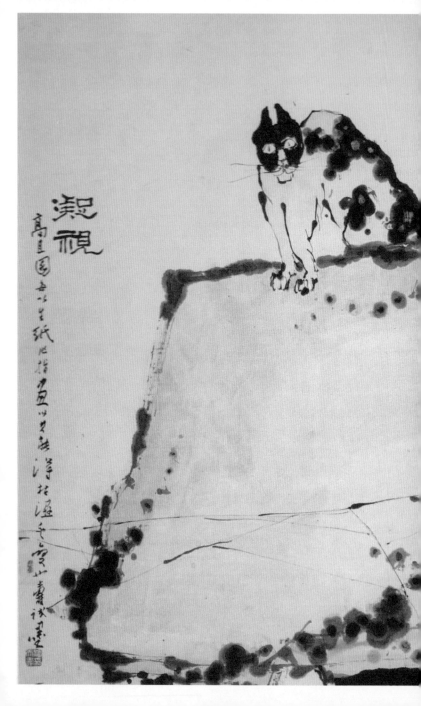

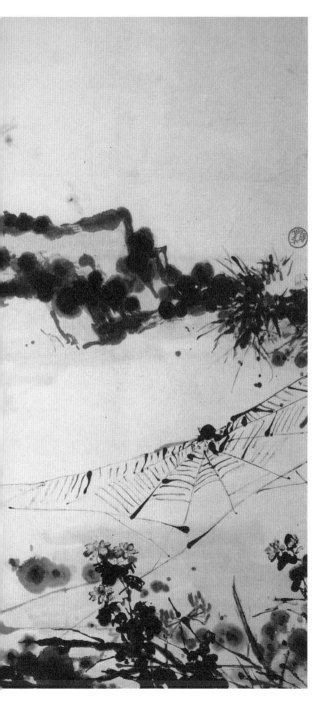

凝視
潘天壽

對酒 대주

白居易 백거이

蝸牛角上爭何事 와우각상쟁하사
石火光中寄此身 석화광중기차신
隨富隨貧且歡樂 수부수빈차환락
不開口笑是痴人 불개구소시치인

술을 마주하며

백거이

달팽이 뿔 위에서 무엇을 다투는가?
부싯돌 불꽃 속에 이 몸 맡긴 것이라
부유하든 가난하든 이 또한 환락이니
입 벌려 웃지 않는 그게 바로 바보일세!

大林寺桃花 대림사도화

白居易 백거이

人間四月芳菲盡   인간사월방비진

山寺桃花始盛開   산사도화시성개

長恨春歸無覓處   장한춘귀무멱처

不知轉入此中來   부지전입차중래

대림사의 복사꽃

백거이

마을에는 사월이라 꽃이 다 끝났는데
산사에는 복사꽃 한창 피기 시작이네.
봄 지나 찾을 데 없어 한탄을 했는데
돌아서 이 안에 와 있는 줄은 몰랐네.

惜牧丹花 석목단화

白居易 백거이

惆愴階前紅牧丹　　추창계전홍목단
晚來唯有兩枝殘　　만래유유량지잔
明朝風起應吹盡　　명조풍기응취진
夜惜衰紅把火看　　야석쇠홍파화간

모란꽃을 아쉬워함

백거이

섭섭하고 슬퍼라 섬돌 앞 붉은 모란
저녁이 오니 딱 두 송이만 남았구나.
내일 아침 바람 불면 그마저도 다 질 거라
이 밤에 지는 꽃 아쉬워 불 밝혀 바라보네.

村夜 촌야

白居易 백거이

霜草蒼蒼蟲切切　　　상초창창충절절
村南村北行人絶　　　촌남촌북행인절
獨出門前望野田　　　독출문전망야전
月明蕎麥花如雪　　　월명교맥화여설

시골의 밤

백거이

서리 풀 아득하고 벌레소리 애절한데
마을은 남도 북도 인적마저 끊기었네.
홀로 문 앞에 나가 들밭을 바라보니
달이 밝아 메밀꽃이 눈처럼 보이누나.

竹石圖
鄭燮

清閟閣墨竹圖
柯九思

琵琶行 비파행

白居易 백거이

潯陽江頭夜送客	심양강두야송객
楓葉荻花秋瑟瑟	풍엽적화추슬슬
主人下馬客在船	주인하마객재선
擧酒欲飮無管絃	거주욕음무관현
醉不成歡慘將別	취불성환참장별
別時茫茫江浸月	별시망망강침월
忽聞水上琵琶聲	홀문수상비파성
主人忘歸客不發	주인망귀객불발
尋聲闇問彈者誰	심성암문탄자수
琵琶聲停欲語遲	비파성정욕어지
移船相近邀相見	이선상근요상견
添酒回燈重開宴	첨주회등중개연
千呼萬喚始出來	천호만환시출래
猶抱琵琶半遮面	유포비파반차면
轉軸撥絃三兩聲	전축발현삼량성
未成曲調先有情	미성곡조선유정

비파행

백거이

심양강 나루에서 밤에 손을 보내는데
단풍잎 억새꽃에 가을바람 쓸쓸하네.
주인이 말 내리니 손은 벌써 배에 있고
술잔 들어 마시려니 음악이 없네그려.
취해도 즐겁지 않고 슬피 이별 하려는데
헤어질 때 망망한 강에 달빛이 젖는구나.
그때 홀연 물 위로 비파 소리 들려오니
주인도 가는 걸 잊고 손도 떠나지 못하네.
소리 찾아 타는 게 뉘신지 조용히 물으니
비파 소리 그치고 말하기를 주저하네.
배를 옮겨 가까이 가 서로 보기를 청하며
술 보태고 등도 옮겨 술자리를 다시 여네.
부르고 또 불러서 겨우 나타났는데
비파를 안아 얼굴이 절반쯤 가리었네.
축 돌려 현을 골라 두세 번 소리 내니
곡조도 이루기 전에 정이 먼저 흐르네.

絃絃掩抑聲聲思	현현엄억성성사
似訴平生不得志	사소평생부득지
低眉信手續續彈	저미신수속속탄
說盡心中無限事	설진심중무한사
輕攏慢撚抹復挑	경롱만연말부도
初爲霓裳後六么	초위예상후육요
大絃嘈嘈如急雨	대현조조여급우
小絃切切如私語	소현절절여사어
嘈嘈切切錯雜彈	조조절절착잡탄
大珠小珠落玉盤	대주소주락옥반
間關鶯語花底滑	간관앵어화저활
幽咽泉流氷下灘	유인천류빙하탄
氷泉冷澀絃凝絶	빙천냉삽현응절
凝絶不通聲暫歇	응절불통성잠헐
別有幽愁闇恨生	별유유수암한생
此時無聲勝有聲	차시무성승유성

줄들을 꾹꾹 누르고 소리마다 생각 담아
평생에 못 이룬 뜻을 호소하는 것 같네.
눈썹을 내리깔고 손에 맡겨 연이어 타니
마음속 오만 사연 모조리 다 말하는 듯.
살짝 누르고 느긋이 비틀다 다시 튕기는데
처음은 예상곡이고 뒤에는 육요곡일세.
굵은 줄은 주룩주룩 소나기 같고
가는 줄은 소곤소곤 속삭임 같네.
굵직함과 가냘픔을 뒤섞어 타니
큰 구슬 작은 구슬 옥 쟁반에 떨어지듯
간간이 꾀꼬리 소리 꽃 아래에 스치는 듯
그윽이 샘물이 얼음 밑 여울에 흐르는 듯
찬 샘이 얼어붙 듯 현이 잠시 멎으니
멎어 통하지 않아 소리도 잠시 멎었네.
그윽한 시름 남모를 한이 따로 있어서
이때는 소리 없음이 있음보다 더 들리네.

銀瓶乍破水漿迸	은병사파수장병
鐵騎突出刀槍鳴	철기돌출도창명
曲終收撥當心畫	곡종수발당심획
四絃一聲如裂帛	사현일성여렬백
東船西舫悄無言	동선서방초무언
唯見江心秋月白	유견강심추월백
沉吟放撥插絃中	침음방발삽현중
整頓衣裳起斂容	정돈의상기렴용
自言本是京城女	자언본시경성녀
家在蝦蟆陵下住	가재하마릉하주
十三學得琵琶成	십삼학득비파성
名屬教坊第一部	명속교방제일부
曲罷常教善才服	곡파상교선재복
妝成每被秋娘妒	장성매피추랑투
五陵年少爭纏頭	오릉년소쟁전두
一曲紅綃不知數	일곡홍초부지수

은병이 갑자기 깨져 술이 쏟아져 나오듯
철기병 돌진하여 칼과 창이 부딪쳐 울듯
곡이 끝나 비파 거두어 안고 맘껏 그으니
네 줄이 한 소리로 비단을 찢는 것 같네.
동쪽 서쪽 모든 배들 고요히 말이 없고
오직 보이는 건 강 가운데 환한 가을 달
침통히 입 다물고 활 놓아 현에 꽂고
옷매무새 가다듬고 일어나 몸가짐 단속하네.
스스로 말하기를 "저는 본시 장안 여자로
집은 하마릉 아래 있어 살았었는데
열셋에 비파를 배워 탈 줄을 알게 되고
이름은 교방 제1부에 속했었지요.
곡 끝나면 늘 또 배워 좋은 재주 익히고
화장 다하면 매번 기녀들 질투를 받곤 했지요.
장안의 귀공자들 전두를 다퉈 내고
한곡에 홍초도 부지기수였답니다.

鈿頭銀篦擊節碎	전두은비격절쇄
血色羅裙翻酒污	혈색라군번주오
今年歡笑復明年	금년환소부명년
秋月春風等閑度	추월춘풍등한도
弟走從軍阿姨死	제주종군아이사
暮去朝來顏色故	모거조래안색고
門前冷落車馬稀	문전랭락차마희
老大嫁作商人婦	로대가작상인부
商人重利輕別離	상인중리경별리
前月浮梁買茶去	전월부량매다거
去來江口守空船	거래강구수공선
繞船月明江水寒	요선월명강수한
夜深忽夢少年事	야심홀몽소년사
夢啼妝淚紅闌干	몽제장루홍란간
我聞琵琶已歎息	아문비파이탄식
又聞此語重唧唧	우문차어중즐즐

머리장식 은빛이 부딪쳐 마디가 부러져도
붉은 빛 비단 치마 쏟은 술로 더러워져도
올해의 기쁨과 웃음 이듬해에도 또 이어지고
가을 달이며 봄바람이며 다 예사로 지나갔죠.
그러다 남동생 출정 나가고 양모 돌아가시고
저녁이 가고 아침이 오며 얼굴빛도 시들었죠.
문 앞은 썰렁해지고 손님들도 뜸해지자
맏언니가 시집 보내 상인의 아내로 만들었죠.
상인은 벌이가 중하고 이별 따윈 가벼워서
지난달 부량으로 차를 사러 갔답니다.
오가는 강나루에서 빈 배를 지키는데
배를 감싸 달은 밝고 강물은 차고
밤이 깊어 문득 젊었던 일 꿈에 보여
꿈에 울어 화장 눈물 붉게 앞을 가리네요."
나는 비파 듣고 이미 탄식했는데
이 말을 또 들으니 거듭 절절하구나.

同是天涯淪落人	동시천애륜락인
相逢何必曾相識	상봉하필증상식
我從去年辭帝京	아종거년사제경
謫居臥病潯陽城	적거와병심양성
潯陽地僻無音樂	심양지벽무음악
終歲不聞絲竹聲	종세불문사죽성
住近湓江地低溼	주근분강지저습
黃蘆苦竹繞宅生	황로고죽요택생
其間旦暮聞何物	기간단모문하물
杜鵑啼血猿哀鳴	두견제혈원애명
春江花朝秋月夜	춘강화조추월야
往往取酒還獨傾	왕왕취주환독경
豈無山歌與村笛	기무산가여촌적
嘔啞嘲哳難為聽	구아조찰난위청
今夜聞君琵琶語	금야문군비파어
如聽仙樂耳暫明	여청선악이잠명

이는 똑같이 하늘 끝 떠도는 사람인데
서로 만남이 어찌 꼭 미리 서로 알 필요 있나.
"나도 작년부터 장안을 하직하고
심양성에 귀양 살며 병들어 누웠는데
심양성은 벽지라 음악이 없고
해가 다 가도록 악기소리도 안 들리더이다.
분강 가까이 살자니 땅은 낮고 습하여
누런 갈대 참대나무 집을 에워 자라지요.
그 사이 아침저녁 들리는 건 뭔가 하니
피날 듯 우는 두견새와 애절히 우는 원숭이
봄엔 강에 꽃피는 아침 가을엔 달밤
이따금 술 받아서 돌아와 홀로 기울이지요.
어찌 산 노래와 촌 피리가 없겠소이까만
삐삐빼빼 소리만 낼 뿐 들어주긴 어렵네요.
오늘밤 그대의 비파와 이야기를 들어보니
신선음악 듣는 것 같아 귀가 잠시 밝아지오.

莫辭更坐彈一曲	막사경좌탄일곡
為君翻作琵琶行	위군번작비파행
感我此言良久立	감아차언량구립
卻坐促絃絃轉急	각좌촉현현전급
淒淒不似向前聲	처처불사향전성
滿座重聞皆掩泣	만좌중문개엄읍
座中泣下誰最多	좌중읍하수최다
江州司馬青衫濕	강주사마청삼습

사양 말고 고쳐 앉아 한 곡 더 타주겠소.

그대 위해 이번엔 내가 비파행을 지으리다."

내 이 말에 감응하여 한참 지나 일어서더니

물러나 앉아 현을 조이니 현이 바뀌어 급해지네.

쓸쓸하고 쓸쓸하여 이전 소리와 같지 않고

그 자리의 모든 이들 거듭 듣고 눈물을 감추네.

좌중에서 흘린 눈물 누가 가장 많은고

이 사람 강주 사마는 푸른 적삼이 다 젖었네.

復遊於赤壁之下江流有声断岸
千尺山高月小水落石出曾日月
之幾何而江山不可復識矣

後赤壁賦圖
喬仲常

長恨歌 장한가

白居易 백거이

漢皇重色思傾國	한황중색사경국
禦宇多年求不得	어우다년구부득
楊家有女初長成	양가유녀초장성
養在深閨人未識	양재심규인미식
天生麗質難自棄	천생려질난자기
一朝選在君王側	일조선재군왕측
回眸一笑百媚生	회모일소백미생
六宮粉黛無顔色	륙궁분대무안색
春寒賜浴華清池	춘한사욕화청지
溫泉水滑洗凝脂	온천수활세응지
侍兒扶起嬌無力	시아부기교무력
始是新承恩澤時	시시신승은택시
雲鬢花顏金步搖	운빈화안금보요
芙蓉帳暖度春宵	부용장난도춘소
春宵苦短日高起	춘소고단일고기
從此君王不早朝	종차군왕부조조

기나긴 한

백거이

한나라 황제 색을 즐겨 경국지색 원했으나
치세동안 여러 해 구했지만 못 얻었네.
양씨 집안에 갓 장성한 따님이 있었으니
깊은 규중에서 길러져 남은 아직 몰랐었네.
타고난 고운 자태 절로 버려지긴 어려워
하루아침에 뽑혀서 군왕 곁에 있게 됐네.
눈길 돌려 한번 웃으면 온갖 고움이 다 피고
여섯 궁 꽃단장한 미녀 얼굴이 무색하네.
봄추위에 화청지서 목욕하는 걸 베푸시니
온천물이 매끈히 굳은 기름을 씻어 내네.
시녀아이 부축해 세워도 곱도록 힘이 없어
이게 새로이 총애를 받기 시작한 때라.
뭉실한 구름머리 꽃다운 얼굴 떨개 금장식
부용휘장 따스하게 봄밤을 지나가는데
봄밤 짧다 싫어하며 해 높아 일어나니
이로부터 군왕은 아침 조회를 안 했다네.

承歡侍宴無閑暇　　　승환시연무한가
春從春游夜專夜　　　춘종춘유야전야
後宮佳麗三千人　　　후궁가려삼천인
三千寵愛在一身　　　삼천총애재일신
金屋粧成嬌侍夜　　　금옥장성교시야
玉樓宴罷醉和春　　　옥루연파취화춘
姉妹弟兄皆列土　　　자매제형개렬토
可憐光彩生門戶　　　가련광채생문호
遂令天下父母心　　　수령천하부모심
不重生男重生女　　　부중생남중생녀
驪宮高處入青雲　　　려궁고처입청운
仙樂風飄處處聞　　　선악풍표처처문
緩歌慢舞凝絲竹　　　완가만무응사죽
盡日君王看不足　　　진일군왕간부족
漁陽鼙鼓動地來　　　어양비고동지래
驚破霓裳羽衣曲　　　경파예상우의곡

기쁨 받들어 연회 모시니 한가할 틈이 없고
봄엔 봄놀이 따르고 밤엔 밤일에 전념하네.
후궁에 빼어난 미녀 삼천 명 있었지만
그 삼천에 내릴 총애 한 몸에 다 받았네.
황금 방에 단장하고 교태로 밤시중 들고
옥루 잔치 파하면 봄기운에 또 취했네.
자매 형제 모두가 영지를 벌여 놓으니
어여뻐 할 광채가 그 가문에 생겨나네.
하여 마침내 세상 모든 부모들 마음이
아들보다 딸 낳기를 더 중히 여기게 됐네.
여산 별궁은 높아서 구름을 뚫을 정도고
신선의 음악은 바람 타고 곳곳에서 들려오네.
느린 노래 느슨한 춤 여유로운 기악들
군왕께선 종일토록 보고 봐도 모자라네.
돌연 어양에서 전고소리 땅을 울려오니
연주하던 예상우의곡 놀라 멎어버렸네.

九重城闕煙塵生	구중성궐연진생
千乘萬騎西南行	천승만기서남행
翠華搖搖行復止	취화요요행부지
西出都門百餘里	서출도문백여리
六軍不發無奈何	륙군불발무내하
宛轉蛾眉馬前死	완전아미마전사
花鈿委地無人收	화전위지무인수
翠翹金雀玉搔頭	취교금작옥소두
君王掩面救不得	군왕엄면구부득
回看血淚相和流	회간혈루상화류
黃埃散漫風蕭索	황애산만풍소삭
雲棧縈紆登劍閣	운잔영우등검각
峨嵋山下少人行	아미산하소인행
旌旗無光日色薄	정기무광일색박
蜀江水碧蜀山青	촉강수벽촉산청
聖主朝朝暮暮情	성주조조모모정

구중궁궐에 연기와 먼지가 솟아오르고
수천수만 수레와 말이 서남으로 내닫네.
천자 깃발 흔들리며 가다 서다 하면서
서쪽으로 도성문 나가 백여 리에 이르렀네.
여섯 군대도 더 이상 안 나가니 어쩔 수 없어
몸 돌리며 고운 그녀 군마 앞에서 죽었네.
땅에 떨군 꽃 비녀 거두는 사람 없고
취교도 금작도 옥소두도 마찬가지.
군왕은 얼굴 가린 채 구하지도 못하고
돌아보며 피눈물을 흘리고 또 흘렸네.
누런 먼지 흩날리고 멋대로 부는 바람 쓸쓸한데
운잔도 빙 둘러싼 검각산을 오르네.
아미산 아래에는 다니는 이도 적어지고
천자 깃발 빛바래고 햇빛도 엷어졌네.
촉강 물은 푸르고 촉산도 푸르건만
성상은 아침저녁 그녀 옛정 생각에

行宮見月傷心色	행궁견월상심색
夜雨聞鈴腸斷聲	야우문령장단성
天旋地轉回龍馭	천선지전회룡어
到此躊躇不能去	도차주저불능거
馬嵬坡下泥土中	마외파하니토중
不見玉顏空死處	불견옥안공사처
君臣相顧盡沾衣	군신상고진점의
東望都門信馬歸	동망도문신마귀
歸來池苑皆依舊	귀래지원개의구
太液芙蓉未央柳	태액부용미앙류
芙蓉如面柳如眉	부용여면류여미
對此如何不淚垂	대차여하불루수
春風桃李花開日	춘풍도리화개일
秋雨梧桐葉落時	추우오동엽낙시
西宮南內多秋草	서궁남내다추초
落葉滿階紅不掃	낙엽만계홍불소

행궁에서 보는 달에 상심의 빛 역력하고
밤비 속에 들리는 말방울 애끊는 소리일세.
천하 정세 변하여 어가를 돌려 올 적에
마외역에 이르러는 주저하며 갈 수가 없네.
마외역 산비탈 밑 저 진흙 속
고운 얼굴 안 보이고 죽은 자리만 비어
군신이 서로 보며 옷깃을 다 적시네.
동으로 도성문 보며 말에게 맡겨 돌아오니
돌아와 본 못과 정원 다 옛날 그대로네.
태액지의 부용꽃 미앙궁의 버드나무
부용은 얼굴 같고 버들은 눈썹 같네.
이것들 마주하고 어찌 눈물 안 흘리리
봄바람에 복사꽃 자두꽃이 만개한 날도
가을비에 오동잎이 떨어질 때도
서궁 남원 안에 가을 풀이 덥수룩해도
낙엽이 섬돌 가득 붉어도 쓸지를 않네.

梨園子弟白髮新　리원자제백발신
椒房阿監靑娥老　초방아감청아로
夕殿螢飛思悄然　석전형비사초연
孤燈挑盡未成眠　고등도진미성면
遲遲鍾鼓初長夜　지지종고초장야
耿耿星河欲曙天　경경성하욕서천
鴛鴦瓦冷霜華重　원앙와랭상화중
翡翠衾寒誰與共　비취금한수여공
悠悠生死別經年　유유생사별경년
魂魄不曾來入夢　혼백부증래입몽
臨邛道士鴻都客　림공도사홍도객
能以精誠致魂魄　능이정성치혼백
爲感君王輾轉思　위감군왕전전사
遂敎方士殷勤覓　수교방사은근멱
排空馭氣奔如電　배공어기분여전
升天入地求之遍　승천입지구지편

이원의 자제들은 백발이 성성하고
초방에서 시중들던 시녀들도 늙었네.
저녁 전각 반딧불 나니 생각은 처량하고
등불 심지 다 타도록 외로이 잠 못 드네.
너무 더딘 종과 북 이리 긴 밤 처음인데
반짝이던 은하수 새벽하늘 되려 하네.
원앙 기와 차가워져 서리꽃이 무겁고
비취 이불 추워서 누구와 함께 덮을꼬.
생사를 달리하고 아득하게 해가 가니
혼백이 꿈속으로 오는 일도 없어졌네.
임공의 도사가 도성에 와서 머무는데
정성으로 혼백을 불러올 수 있다기에
뒤척뒤척 생각하는 군왕을 감동시키려
결국 방사를 시켜 은근히 찾게 하였네.
허공 밀고 공기 몰고 번개처럼 내닫고
하늘에 오르고 땅에도 들어가 두루 찾아보네.

上窮碧落下黃泉　　　상궁벽락하황천

兩處茫茫皆不見　　　량처망망개불견

忽聞海上有仙山　　　홀문해상유선산

山在虛無縹緲間　　　산재허무표묘간

樓閣玲瓏五雲起　　　루각영롱오운기

其中綽約多仙子　　　기중작약다선자

中有一人字太眞　　　중유일인자태진

雪膚花貌參差是　　　설부화모삼차시

金闕西廂叩玉扃　　　금궐서상고옥경

轉教小玉報雙成　　　전교소옥보쌍성

聞道漢家天子使　　　문도한가천자사

九華帳裏夢魂驚　　　구화장리몽혼경

攬衣推枕起徘徊　　　람의추침기배회

珠箔銀屏迤邐開　　　주박은병타리개

雲鬢半偏新睡覺　　　운빈반편신수각

花冠不整下堂來　　　화관부정하당래

위로는 청천 아래로는 황천

두 곳 모두 망망하여 전혀 보지는 못 하였네.

홀연 듣기에 바다 위에 신선의 산이 있다는데

그 산은 허무와 표묘의 사이에 있다 하네.

누각은 영롱하고 오색구름이 이는데

그 안에 가냘프고 아름다운 선녀들이 많다네.

그 중 한 사람 태진이라는 선녀가 있어

눈 같은 피부 꽃 같은 모습이 아무래도 그녀인 듯.

황금 대궐 서쪽 채의 옥문을 두드리고

소옥 시켜 쌍성에게 알리도록 말 전하니

한나라 천자의 사자라는 말 전해 듣고

화려한 휘장 속 꿈꾸던 혼백이 놀라서 깨어

옷 챙기고 베개 밀고 일어나 서성이더니

구슬 발과 은 병풍이 연이어 열리었네.

구름머리 반쯤 드리우고 방금 잠에서 깬 듯

머리 화관도 안 고친 채 당에서 내려오네.

風吹仙袂飄飄舉	풍취선메표표거
猶似霓裳羽衣舞	유사예상우의무
玉容寂寞淚闌干	옥용적막루란간
梨花一枝春帶雨	리화일지춘대우
含情凝睇謝君王	함정응제사군왕
一別音容兩渺茫	일별음용량묘망
昭陽殿裏恩愛絕	소양전리은애절
蓬萊宮中日月長	봉래궁중일월장
回頭下望人寰處	회두하망인환처
不見長安見塵霧	불견장안견진무
唯將舊物表深情	유장구물표심정
鈿合金釵寄將去	전합금채기장거
釵留一股合一扇	채류일고합일선
釵擘黃金合分鈿	채벽황금합분전
但教心似金鈿堅	단교심사금전견
天上人間會相見	천상인간회상견

168

바람 불어 신선의 소맷자락 살랑살랑 나부끼는데
예상우의무를 추던 그 모습 꼭 닮았네.
옥 같은 얼굴 쓸쓸하고 눈물이 앞을 가려
배꽃 한 가지가 봄비에 젖은 듯하네.
정 머금은 눈길 모아 군왕에게 사례하길
"한번 헤어진 뒤로 옥음도 용안도 다 아득해
소양전에서 받던 은애도 끊어지고
봉래궁에서 지낸 세월도 오래건만
머리 돌려 인간 세상 내려다봐도
장안은 안 보이고 보이는 건 안개와 먼지 뿐.
그저 옛 물건으로 깊은 정을 표하려 하니
자개 합과 금비녀 가지고 가길 부탁하오.
비녀는 반 쪽씩 합은 한 단씩
황금 비녀 토막 내고 자개 합은 나눴으니
두 마음 금과 자개 같이 단단하게만 한다면
천상이든 세상이든 서로 만나 보겠지요."

臨別殷勤重寄詞　　림별은근중기사

詞中有誓兩心知　　사중유서량심지

七月七日長生殿　　칠월칠일장생전

夜半無人私語時　　야반무인사어시

在天願作比翼鳥　　재천원작비익조

在地願為連理枝　　재지원위련리지

天長地久有時盡　　천장지구유시진

此恨綿綿無絶期　　차한면면무절기

헤어질 즈음 은근히 다시 말 전하는데

그 말 중에 두 마음만 아는 맹세가 있었으니

칠월 칠석 장생전

인적 없는 깊은 밤 속삭일 때 했던 말.

"하늘에 있으면 바라건대 비익조가 되고

땅에 있으면 바라건대 연리지가 되어요."

천지는 오래가도 다할 때가 있겠지만

이 한은 면면하여 끊일 때가 없으리라.

六君子圖
倪瓚

初興丘壑未忘情寫盡
青山照眼明擬向畫圖
深處住一蘑最宜聽松
聲
　　　　遂昌尚左生

玄洲別墅樹鬱龍蜿蜒
谷繚雲護萬松擬結一
籠爲洞兲與君來往

大茅峰

黃鶴山中人王蒙畫

錦樹山人錢仲益

大茅峰圖
王蒙

飲酒看牧丹 음주간목단

劉禹錫 류우석

今日花前飮　　　금일화전음
甘心醉數杯　　　감심취수배
但愁花有語　　　단수화유어
不爲老人開　　　불위로인개

174

술을 마시며 모란을 보다

유우석

오늘은 꽃 앞에서 마시다 보니
기분 좋아 몇 잔 술에 취해버렸네.
다만 걱정이네 꽃이 말할 수 있어
늙은 당신 위해 핀 건 아니랄까 봐.

秋風引 추풍인

劉禹錫 류우석

何處秋風至   하처추풍지
蕭蕭送雁群   소소송안군
朝來入庭樹   조래입정수
孤客最先聞   고객최선문

가을바람 노래

유우석

어디에서 가을바람 이르렀기에
쓸쓸히 기러기 떼 보내오는가.
아침에 정원수에 불어 드는 걸
외로운 나그네가 맨 먼저 듣네.

憫農 민농

李紳 리신

其一
春種一粒粟　　　춘종일립속
秋收萬顆子　　　추수만과자
四海無閑田　　　사해무한전
農夫猶餓死　　　농부유아사

其二
鋤禾日當午　　　서화일당오
汗滴禾下土　　　한적화하토
誰知盤中餐　　　수지반중찬
粒粒皆辛苦　　　립립개신고

가엾은 농부

1

봄에 한 알의 곡식을 심어
가을에 만 알의 결실을 거둬들이네.
세상에 놀고 있는 땅은 없건만
농부는 그런데도 굶어서 죽네.

2

햇빛 쨍쨍 한낮에 김을 매면서
땀방울이 논바닥에 막 떨어지네.
누가 알까 밥상 위의 저 음식들
알알이 모두 다 수고인 것을.

江雪 강설

柳宗元 류종원

千山鳥飛絶　　　천산조비절

萬徑人蹤滅　　　만경인종멸

孤舟蓑笠翁　　　고주사립옹

獨釣寒江雪　　　독조한강설

강에 내리는 눈

유종원

산이란 산에는 새도 더 이상 아니 날고
길이란 길에는 사람 자취도 사라졌는데
외로운 배 위에 도롱이 삿갓 쓴 노인네
눈 내리는 추운 강에서 혼자 고기 낚네.

尋隱者不遇 심은자불우

賈島 가도

松下問童子	송하문동자
言師採藥去	언사채약거
只在此山中	지재차산중
雲深不知處	운심부지처

은자를 찾았으나 만나지 못하고
가도

소나무 아래에서 동자에게 물으니
"스승님은 약초 캐러 가셔서
이 산속 어딘가에 계시긴 한데
구름이 너무 짙어 어딘지는 몰라요" 하네.

小兒垂釣 소아수조

胡令能 호령능

蓬頭稚子學垂綸	봉두치자학수륜
側坐莓苔草映身	측좌매태초영신
路人借問遙招手	로인차문요초수
怕得魚驚不應人	파득어경불응인

아이가 낚시를 드리우고

호령능

쑥대머리 어린애가 어설피 낚시 드리우고
풀숲 이끼 바위에 몸 숨기고 앉아 있네.
나그네 저 멀리서 손짓하며 길 물어도
고기 놀라 달아날까 들은 척도 안 하네.

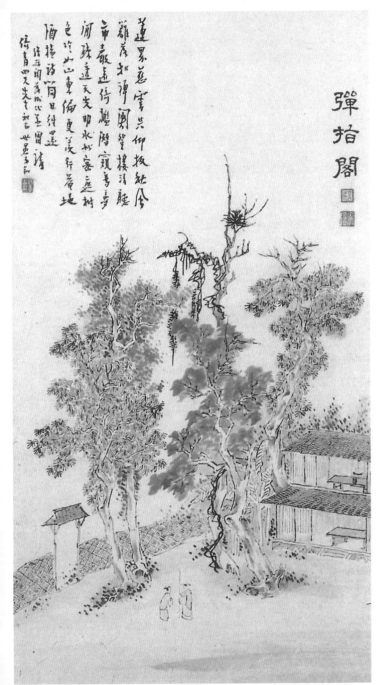

蓮界慈雲共仰攸 雜燕起禪團望樓清曉 市聲遠倚甕牖窺疏樹 …殊遠天失明水松家庭樹 色許此山重偏更羨行菴地 酒樓諸簡且判還

彈指閣

彈指閣圖
高翔

夢境圖
王鑑

南園 남원

李賀 리하

春水初生乳燕飛　　　춘수초생유연비
黃蜂小尾撲花歸　　　황봉소미박화귀
窓含遠色通書幌　　　창함원색통서황
魚擁香鉤近石磯　　　어옹향구근석기

남쪽 정원

이하

얼음 녹아 봄물 흐르니 어린 제비도 날고
노란 벌 작은 꽁지에 꽃가루를 달고 가네.
서재 휘장 사이론 먼 경치가 창에 비치고
물고기는 미끼를 에워서 물가로 몰려드네.

金縷衣 금루의

杜秋娘 두추랑

勸君莫惜金縷衣　　　　권군막석금루의
勸君惜取少年時　　　　권군석취소년시
花開堪折直須折　　　　화개감절직수절
莫待無花空折枝　　　　막대무화공절지

비단 옷

두추랑

그대 부디, 비단 옷 따위 아까워하지 마셔요.

그대 부디, 청춘의 시간을 아까운 줄 아셔요.

꽃 피어 꺾고프면 바로 꺾어야지요.

꽃도 없이 가지만 꺾을 때 기다리지 마시고.

山行 산행

杜牧 두목

遠上寒山石徑斜　　　원상한산석경사
白雲生處有人家　　　백운생처유인가
停車坐愛楓林晚　　　정거좌애풍림만
霜葉紅於二月花　　　상엽홍어이월화

산에 가서

두목

멀리 추운 산에 오르니 돌길이 비탈지고
흰 구름이 이는 곳에 인가가 있네.
수레 세워 앉아 늦도록 단풍 숲 즐기는데
서리 내린 잎이 봄꽃보다 더 붉네.

清明 청명

杜牧 두목

清明時節雨紛紛   청명시절우분분

路上行人欲斷魂   로상행인욕단혼

借問酒家何處有   차문주가하처유

牧童遙指杏花村   목동요지행화촌

청명 날

두목

청명 날에 보슬보슬 비가 내려서
길 위의 나그네 마음 찢어질 것만 같네.
주막은 어디 있냐고 물어봤더니
목동은 저만치 살구꽃 핀 마을 가리키네.

秋夕 추석

杜牧 두목

銀燭秋光冷畵屛	은촉추광랭화병
輕羅小扇搏流螢	경라소선박류형
天階夜色涼如水	천계야색량여수
坐看牽牛織女星	좌간견우직녀성

가을 저녁

두목

은 촛불 가을빛이 그림 병풍에 차가운데
작은 비단 부채로 흐르는 반딧불 붙잡네.
황궁 계단의 밤 빛깔은 물처럼 서늘한데
가만히 앉아 견우성 직녀성을 바라보네.

贈別 증별

杜牧 두목

其二

多情卻似總無情　　다정각사총무정
唯覺樽前笑不成　　유각준전소불성
蠟燭有心還惜別　　랍촉유심환석별
替人垂淚到天明　　체인수루도천명

이별하며 드림

두목

2

다정을 모두 무정인양 하여도
이별의 술자리에선 웃지도 못할레라.
촛불이 외려 마음 있어 이별 아쉬워
사람 대신 눈물 흘리네 날이 새도록.

盤車圖
李寅

玉洞仙源圖
仇英

無題 무제

李商隱 리상은

八歲偸照鏡	팔세투조경
長眉已能畫	장미이능화
十歲去踏靑	십세거답청
芙蓉作裙衩	부용작군채
十二學彈箏	십이학탄쟁
銀甲不曾卸	은갑부증사
十四藏六親	십사장륙친
懸知猶未嫁	현지유미가
十五泣春風	십오읍춘풍
背面鞦韆下	배면추천하

제목 없음

이상은

여덟 살 때 거울을 몰래 보면서
긴 눈썹 벌써 그릴 줄 알았지요.
열 살 때는 들에 봄나들이 가며
연꽃으로 치마 비녀 만들었어요.
열두 살 땐 쟁 타는 걸 처음 배우며
은갑을 손에서 떼 논 적이 없었지요.
열네 살 땐 부모 뒤에 숨어 지내며
마음에 걸리지만 시집은 안 갔었죠.
열다섯 땐 봄바람에 눈물 흘리며
고개 돌리고 그네만 밀곤 했어요.

花下醉 화하취

李商隱 리상은

尋芳不覺醉流霞　　심방불각취류하
依樹沈眠日已斜　　의수침면일이사
客散酒醒深夜後　　객산주성심야후
更持紅燭賞殘花　　갱지홍촉상잔화

꽃 아래서 취하여

이상은

꽃 찾아가 꽃은 안 보고 신선주에 취하여
나무에 기대 잠든 사이 해는 벌써 기울고
사람들 흩어지고 밤 깊어진 후 술이 깨서
붉은 촛불 다시 밝혀 남은 꽃을 구경하네.

無題 무제

李商隱 리상은

相見時難別亦難	상견시난별역난
東風無力百花殘	동풍무력백화잔
春蠶到死絲方盡	춘잠도사사방진
蠟炬成恢淚始乾	랍거성회루시건
曉鏡但愁雲鬢改	효경단수운빈개
夜吟應覺月光寒	야음응각월광한
蓬山此去無多路	봉산차거무다로
青鳥殷勤為探看	청조은근위탐간

제목 없음

이상은

만날 때도 어려웠는데 헤어짐도 어렵네
봄바람도 힘이 없어 꽃이란 꽃 다 지네.
봄 누에는 죽어서야 실뽑기를 그치고
납초는 재 되어서야 눈물이 마른다네.
새벽 거울에 시름스레 귀밑머리 매만지며
밤에 시를 읊조리자니 달빛 찬 줄 알겠네.
봉래산은 예서 가도 길이 많지 않으니
파랑새야 살며시 가서 살펴봐주려무나.

過分水嶺 과분수령

溫庭筠 온정균

溪水無情似有情　　계수무정사유정
入山三日得同行　　입산삼일득동행
嶺頭便是分頭處　　영두편시분두처
惜別潺湲一夜聲　　석별잔원일야성

분수령을 지나며

온정균

무정한 시냇물도 정이 있는 듯
산에 들어 사흘을 함께 걸었네.
봉우리의 분수령에 다다라서는
석별에 졸졸졸 밤새 우는 소리.

山亭夏日 산정하일

高駢 고병

綠樹濃陰夏日長　　록수농음하일장
樓臺倒影入池塘　　루대도영입지당
水晶簾動微風起　　수정렴동미풍기
滿架薔薇一院香　　만가장미일원향

산속 정자의 여름날

고병

푸른 나무 짙은 그늘 긴긴 여름 날
연못에 거꾸로 비치는 누대 그림자
미풍에 수정 발 찰랑찰랑 움직이고
시렁 가득 핀 장미 온 뜰에 향기롭다.

流水 류수

羅鄴 라업

人間莫謾惜花落　　인간막만석화락
花落明年依舊開　　화락명년의구개
却最堪悲是流水　　각최감비시류수
便同人事去無回　　변동인사거무회

흐르는 물

나업

사람들아 꽃 진다고 서러워 마라.
꽃은 져도 내년이면 다시 피리니.
슬프고도 슬픈 것은 흘러가는 물
인생처럼 한번 가면 되오지 않네.

湖天春色圖
吳歷

廬山東南五老峰
吳湖帆

稻田 도전

韋莊 위장

綠波春浪滿前陂　　록파춘랑만전피
極目連雲稏稄肥　　극목련운파아비
更被鷺鷥千點雪　　갱피로자천점설
破烟來入畫屛飛　　파연래입화병비

논 풍경

위장

푸른 물결 봄 물결 앞 못에 가득하고
눈길 닿는 끝까지 구름처럼 벼 자라네.
거기에다 저 백로들 천 점 함박눈처럼
안개 뚫고 날아드네 그림 병풍 속으로.

未展芭蕉 미전파초

錢珝 전후

冷燭無煙綠蠟幹　　랭촉무연록랍간
芳心猶卷怯春寒　　방심유권겁춘한
一緘書札藏何事　　일함서찰장하사
會被東風暗拆看　　회피동풍암탁간

피지 않은 파초

전후

연기 없는 찬 초의 밀랍 같은 파란 줄기
꽃다운 마음 봄추위 겁나 아직 말아두었나.
봉해 놓은 편지에는 어떤 사연 담았을까
저 동풍 맞이하고선 살짝이 뜯어 봐야겠네.

新沙 신사

陸龜蒙 륙구몽

渤澥聲中漲小堤　　　발해성중창소제
官家知後海鷗知　　　관가지후해구지
蓬萊有路敎人到　　　봉래유로교인도
應亦年年稅紫芝　　　응역년년세자지

새로 생긴 모래톱

육구몽

바닷물이 출렁여 생겨난 작은 모래톱
관가에서 안 후에야 갈매기가 알았네.
봉래산에 가는 길도 가르쳐만 준다면
신선 먹는 지초에도 해마다 세금일터.

宋 ^송

江上漁者 강상어자

范仲淹 범중엄

江上往來人	강상왕래인
但愛鱸魚美	단애로어미
君看一葉舟	군간일엽주
出沒風波裏	출몰풍파리

224

강 위의 어부

범중엄

강가를 오고 가는 저 사람들은
농어의 좋은 맛만 즐겨 한다네.
그대 보게나, 저 조각배 한 척
풍랑에 출렁이며 고기 잡음을.

陶者 도자

梅堯臣 매요신

陶盡門前土　　　도진문전토
屋上無片瓦　　　옥상무편와
十指不霑泥　　　십지부점니
鱗鱗居大廈　　　린린거대하

기와장이

매요신

문 앞의 흙 다 퍼다가 기와를 구웠건만
제 집 지붕 위엔 기와 한장 못 올렸네.
열 손가락 진흙 한번 묻히지 않고서도
비늘같이 많은 사람 기와집에서 살건만.

夏意 하의

蘇舜欽 소순흠

別院深深夏簟清　　별원심심하점청

石榴開遍透簾明　　석류개편투렴명

松陰滿地日當午　　송음만지일당오

夢覺流鶯時一聲　　몽각류앵시일성

여름날 정취

소순흠

별채 깊숙한 데 여름 돗자리 시원하고
활짝 벌린 석류가 주렴 너머 선명하네.
솔그늘은 땅을 덮고 해는 막 한낮인데
꿈을 깨니 때마침 두견새가 날며 우네.

卽事二首 즉사이수

王安石 왕안석

其一

雲從鍾山起	운종종산기
卻入鍾山去	각입종산거
借問山中人	차문산중인
雲今在何處	운금재하처

其二

雲從無心來	운종무심래
還向無心去	환향무심거
無心無處尋	무심무처심
莫覓無心處	막멱무심처

지금 장면 두 수

왕안석

1

구름이 종산에서 일어나더니
물러나 종산으로 되돌아가네.
묻나니 산속에 사는 사람아
구름은 지금 어디에 있는가.

2

구름은 무심에서 생겨났다가
또다시 무심으로 되돌아가네.
무심은 아예 찾을 곳이 없으니
무심이 있는 곳을 찾으려 마오.

葵石蛺蝶圖
戴進

秋樹昏鴉圖
王翬

水調歌頭 수조가두

蘇軾* 소식

明月幾時有	명월기시유
把酒問靑天	파주문청천
不知天上宮闕	부지천상궁궐
今夕是何年	금석시하년
我欲乘風歸去	아욕승풍귀거
又恐瓊樓玉宇	우공경루옥우
高處不勝寒	고처불승한
起舞弄淸影	기무롱청영
何似在人間	하사재인간
轉朱閣低綺戶	전주각저기호
照無眠	조무면
不應有恨	불응유한
何事長向別時圓	하사장향별시원
人有悲歡離合	인유비환리합

---

* 흔히 소동파蘇東坡로 불린다. 동파는 호號다.

수조가두

소식

밝은 달, 언제부터 있었나

술잔 잡고 청천에 물어본다.

천상궁궐 알 수가 없고

오늘밤은 대체 어느 해인가.

나는 바람을 타고 돌아가려 하는데

또한 옥으로 지은 신선의 집

높은 곳이라 추위를 이기지 못할까 두렵네.

일어나 춤추며 맑은 그림자를 즐기나

어찌 인간 세상에 있는 것과 같으랴!

붉은 누각 빙 돌며 고운 집 내려다보니

달빛에 잠을 이룰 수 없네.

한이 있을 까닭 없는데

무슨 일로 오래도록 이별 때에 둥근가?

인간에겐 슬픔과 기쁨, 헤어짐과 만남이 있고.

月有陰晴圓缺   월유음청원결

此事古難全   차사고난전

但願人長久   단원인장구

千里共嬋娟   천리공선연

달은 어둡고 맑음, 둥글고 이지러짐이 있으니
이런 일 예로부터 온전하기 어려워라.
다만 바라건대 인생이 장구하고
천 리가 이 아름다움 함께하기를.

和子由澠池懷舊 화자유민지회구

蘇軾 소식

人生到處知何似	인생도처지하사
應似飛鴻踏雪泥	응사비홍답설니
泥上偶然留指爪	니상우연유지조
鴻飛那復計東西	홍비나부계동서
老僧已死成新塔	로승이사성신탑
壞壁無由見舊題	괴벽무유견구제
往日崎嶇還記否	왕일기구환기부
路長人困蹇驢嘶	로장인곤건려시

아우 자유*의 시 '민지회구'에 화답하여

소식

인생이 이르는 곳 무엇과 같은지 알겠느냐?

날던 기러기가 질퍽한 눈 밟는 것 같으리.

진 눈 위에 우연히 발자국은 남았지만

기러기 날아가면 어찌 다시 동서를 헤아리랴.

노승은 이미 죽고 새로 탑이 섰지만

허물어진 벽에서는 옛 글귀 볼 길 없구나.

지난날 기구함을 아직도 기억하느냐?

길은 멀고 사람은 지치고 절름 나귀는 울었었지.

---

* 소식의 아우이며 북송의 문인으로 이름은 소철蘇轍이다. 당송팔대가의
   한사람이다. 자유는 그의 자字이다.

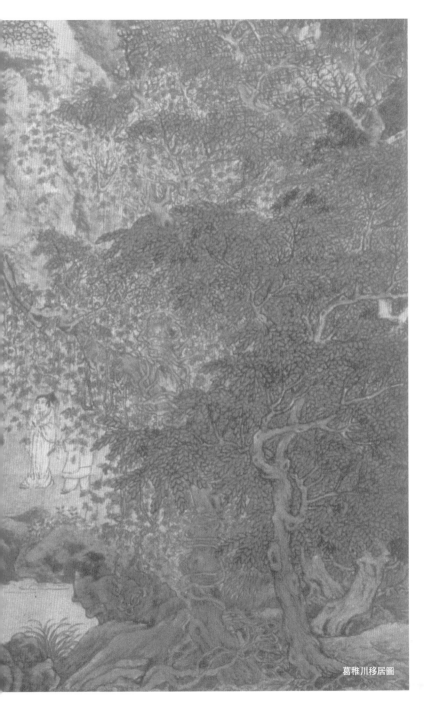

葛稚川移居圖

前赤壁賦 전적벽부

蘇軾 소식

壬戌之秋七月旣望	임술지추칠월기망
蘇子與客	소자여객
汎舟遊於赤壁之下	범주유어적벽지하
淸風徐來	청풍서래
水波不興	수파불흥
擧酒屬客	거주촉객
誦明月之詩	송명월지시
歌窈窕之章	가요조지장
少焉	소언
月出於東山之上	월출어동산지상
徘徊於斗牛之間	배회어두우지간
白露橫江	백로횡강
水光接天	수광접천
縱一葦之所如	종일위지소여
凌萬頃之茫然	릉만경지망연
浩浩乎	호호호

적벽부 전편

소식

임술년 가을 칠월 열엿새 날

나 소식은 손과 함께

적벽의 아래에 배를 띄우고 노니

맑은 바람은 천천히 불어오고

물결은 일지 않는다 .

술잔을 들어 손에게 권하며

시경 명월편을 읊조리고

시경 요조의 장을 노래한다.

얼마 뒤에

달이 동산 위로 떠올라

북두성과 견우성 사이를 배회하였는데

흰 이슬은 강을 비껴 내리고

물빛은 하늘에 닿아 있다.

한 조각 거룻배를 가는 대로 내버려둬

아득한 만경창파를 건너간다.

넓고도 넓어라.

如憑虛御風	여빙허어풍
而不知其所止	이부지기소지
飄飄乎	표표호
如遺世獨立	여유세독립
羽化而登仙	우화이등선
於是飮酒樂甚	어시음주락심
扣舷而歌之	구현이가지
歌曰桂棹兮蘭槳	가왈계도혜란장
擊空明兮泝流光	격공명혜소류광
渺渺兮余懷	묘묘혜여회
望美人兮天一方	망미인혜천일방
客有吹洞簫者	객유취동소자
倚歌而和之	의가이화지
其聲嗚嗚然	기성명명연
如怨如慕	여원여모
如泣如訴	여읍여소

허공을 건너며 바람을 모는 것 같아

그 머물 곳을 알지 못하겠고.

바람과 같아라.

세상에 버려져 홀로 서 있는 것 같이

날개가 돋아 신선이 되었구나.

이에 술을 마시고 심히 즐거워

뱃전을 두드리며 노래하나니

노래하기를, "계수나무 노와 목란 상앗대로

달 밝은 물을 치며 빛이 흐르는 강을 거슬러 올라가네.

아득도 하여라, 나의 마음이여.

하늘 저 한 편의 미인을 바라보노라."

손들 중에 퉁소 부는 이가 있어

노래에 맞춰 반주하니

그 소리 흐느끼듯 울려 퍼진다.

원망하는 듯, 사모하는 듯

흐느끼는 듯, 호소하는 듯

餘音嫋嫋	여음뇨뇨
不絶如縷	부절여루
舞幽壑之潛蛟	무유학지잠교
泣孤舟之嫠婦	읍고주지리부
蘇子愀然正襟	소자초연정금
危坐而問客曰	위좌이문객왈
何爲其然也	하위기연야
客曰	객왈
月明星稀	월명성희
烏鵲南飛	오작남비
此非曹孟德之詩乎	차비조맹덕지시호
西望夏口	서망하구
東望武昌	동망무창
山川相繆	산천상무
鬱乎蒼蒼	울호창창
此非孟德之困於周郎者乎	차비맹덕지곤어주랑자호

그 여운이 가냘프고

실처럼 끊어지지 않으니

깊은 골짜기 물에 잠긴 이무기가 춤을 추고

외로운 배에 탄 과부를 눈물짓게 하는지라

나 소식은 삼가 옷깃을 바로잡고

똑바로 앉아 손에게 묻기를,

"어째서 그리도 슬픈가요?" 하니

손이 말하기를,

〈달이 밝으니 별이 드물고

까막까치 남으로 날아가네〉 하니

이는 조조 맹덕의 시가 아닌가요.

서쪽으로 하구를 바라보고

동쪽으로 무창을 바라보니

산천은 서로 엉켜

울울창창합니다.

여기가 바로 조조가 주유에게 곤욕을 치른 곳이 아닙니까.

方其破荊州下江陵	방기파형주하강릉
順流而東也	순류이동야
舳艫千里	축로천리
旌旗蔽空	정기폐공
釃酒臨江	시주림강
橫槊賦詩	횡삭부시
固一世之雄也	고일세지웅야
而今安在哉	이금안재재
況吾與子	황오여자
漁樵於江渚之上	어초어강저지상
侶魚鰕而友麋鹿	려어하이우미록
駕一葉之扁舟	가일엽지편주
擧匏樽以相屬	거포준이상촉
寄蜉蝣於天地	기부유어천지
渺滄海之一粟	묘창해지일속
哀吾生之須臾	애오생지수유

바야흐로 그가 형주를 쳐부수고 강릉으로 내려와서

물결 흐름 따라 동쪽으로 감에

배의 이물과 고물 꼬리를 물고 천리를 이었고

깃발은 하늘을 덮었는지라

강에 이르자 술을 거르고

긴 창을 비껴들고 시를 지었으니

참으로 일세의 영웅이었습니다.

그런데 지금은 어디에 있는가요.

하물며 나와 그대는

강가에서 고기 잡고 나무하며

물고기 새우와 짝하고 고라니 사슴과 벗하며

나뭇잎 같은 조각배 한 척 타고서

쪽박 술잔 들어 서로 권하며

천지에 하루살이처럼 빌붙어 사니

망망한 창해의 한 알 좁쌀이올시다.

우리의 삶이 잠깐임을 슬퍼하고

羨長江之無窮	선장강지무궁
挾飛仙以遨遊	협비선이오유
抱明月而長終	포명월이장종
知不可乎驟得	지불가호취득
託遺響於悲風	탁유향어비풍
蘇子曰	소자왈
客亦知夫水與月乎	객역지부수여월호
逝者如斯	서자여사
而未嘗往也	이미상왕야
盈虛者如彼	영허자여피
而卒莫消長也	이졸막소장야
蓋將自其變者而觀之	개장자기변자이관지
則天地曾不能以一瞬	즉천지증불능이일순
自其不變者而觀之	자기불변자이관지
則物與我皆無盡也	즉물여아개무진야
而又何羨乎	이우하선호

장강의 물이 무궁함을 부러워하며

하늘 나는 신선에 끼어 즐겁게 놀고

밝은 달을 껴안고 오래 살다 마쳐야죠.

허나 그런 건 갑자기 얻을 수 없음을 알아

가락을 슬픈 바람에 맡겨 남겨봅니다.”

나 소식이 말하기를,

“그대도 대저 물과 달을 알고 계시는지.

가는 것은 이 물과 같지만

아직 일찍이 지나가버리지 않았으며

차고 비고 하는 것은 저 달과 같지만

온전히 쇠함도 성함도 없지 않소.

무릇 그 변한다는 점에서 이를 보자면

천지도 일찍이 한 순간도 변하지 않을 수 없으며

그 불변한다는 점에서 이를 보면

사물과 나는 모두 다함이 없으니

허니 또 무엇을 부러워하겠습니까.

且夫天地之間	차부천지지간
物各有主	물각유주
苟非吾之所有	구비오지소유
雖一毫而莫取	수일호이막취
惟江上之淸風	유강상지청풍
與山間之明月	여산간지명월
耳得之而爲聲	이득지이위성
目寓之而成色	목우지이성색
取之無禁	취지무금
用之不竭	용지불갈
是造物者之無盡藏也	시조물자지무진장야
而吾與子之所共樂	이오여자지소공락
客喜而笑	객희이소
洗盞更酌	세잔갱작
肴核旣盡	효핵기진
盃盤狼藉	배반랑자

게다가 또 하늘과 땅 사이

사물에는 제각기 임자가 있으니

진실로 나의 소유가 아니라면

비록 털끝 하나더라도 취하지 말아야지요.

허나 오직 강 위의 맑은 바람과

그리고 산 사이의 밝은 달은

귀로 들으면 소리가 되고

눈에 담으면 모습을 이루니

이것을 취하여도 금함이 없고

이것을 사용해도 다하지 않는 거라

이것이 조물주가 주신 무진장이요.

하여 나와 그대가 함께 즐기는 바이지요" 하니

손이 기뻐하며 웃고

잔을 씻어 다시 술을 따르니

안주는 이미 다하고

잔과 쟁반은 어지러이 흩어져 있도다.

相與枕藉乎舟中   상여침자호주중

不知東方之旣白   부지동방지기백

서로 함께 배 안에서 베개와 자리를 펴니

동쪽에 이미 해가 밝은 줄도 알지 못하였다.

千里桐陰覆紫苔先
生閑試餘眠柔此生已
謝功名念清夢應無
到吉槐　唐寅畫

桐陰清夢圖
唐寅

廬山高圖
沈周

鄂渚南樓書事 악저남루서사

黃庭堅 황정견

回顧山光接水光　　회고산광접수광
憑欄十里芰荷香　　빙란십리기하향
清風明月無人管　　청풍명월무인관
併作南樓一夜凉　　병작남루일야량

악저 남쪽 누각에서 쓰다

황정견

둘러보니 산빛 물빛과 닿아 있고
난간에 기대니 십 리에 연꽃 향기.
청풍명월은 사람 손길 닿음 없고
나란한 누각의 시원한 이 하룻밤.

絶句 절구

陳師道 진사도

其四

書當快意讀易盡　　서당쾌의독이진

客有可人期不來　　객유가인기불래

世事相違每如此　　세사상위매여차

好懷百歲幾回開　　호회백세기회개

절구

진사도

4

책 보다가 맘에 들면 금방 끝나버리고
객중에 괜찮은 이 기대해도 오지 않네.
세상일들 어긋남이 항상 이와 같으니
좋은 뜻 백 년 품어 몇 번이나 펼쳐볼까.

答朱元晦 답주원회

胡憲 호헌

幽人偏愛青山好　　유인편애청산호
爲是青山青不老　　위시청산청불로
山中出雲雨太虛　　산중출운우태허
一洗塵埃山更好　　일세진애산갱호

주원회*에게 답함

호헌

숨어서 사는 이가 푸른 산을 편애함은
푸른 산이 푸르러 늙지 않기 때문이네.
산중에 구름 일고 하늘에 비 세차더니
티끌 먼지 씻어내고 산 더욱 맑아졌네.

---

* 신유학인 성리학의 대가로 이름은 주희朱熹, 흔히 주자朱子로 불린다. 원
회는 그의 자字다.

插秧 삽앙

范成大 범성대

種密移疏綠毯平   종밀이소록담평
行間清淺穀紋生   행간청천곡문생
誰知細細青青草   수지세세청청초
中有豐年擊壤聲   중유풍년격양성

모내기

범성대

모내기를 하고 나니 초록 담요 평평하고
못줄 사이 맑고 얕은 곡식무늬 생생하네.
가늘가늘 푸릇푸릇한 저 풀을 누가 아나
그 가운데 풍년의 격양가 소리 있는데도.

下橫山灘頭望金華山 하횡산탄두망금화산

楊萬里 양만리

其二

山思江情不負伊　　산사강정불부이

雨姿晴態總成奇　　우자정태총성기

閉門覓句非詩法　　폐문멱구비시법

只是征行自有詩　　지시정행자유시

횡산 여울가로 내려와 금화산을 바라보며

양만리

2

산의 생각 강의 마음 사람 배신 않으니
비가 오나 개이나 그 자태 다 기묘하네.
문 닫고 시 짓는 건 옳다 할 수 없나니
그저 다만 길 나서면 절로 시가 있다네.

松壑清泉圖
弘仁

優硃·外近冊卌十二

里晴陰澹綠陂
陰洞浮錦鮮此峯奇
渚磬隱溪翠石然此
筆不此峯冊此空空官
峯天都倚障石
閭齋頫對云
都峯齋云云
辦企藏此百云
光秀松莳蕾霞遠庵
辛丑·日于牧供云
閱甲出柚電任主人

濟江畔晴石掬白云
寬摟珠千解香寫苕
雲五室飛絮似松湘
三晉光綠水波中坐
閒青·山剪裘云泉
綠我今一拹響行此峯
年香娜一卧于
石任殘袖又峯

仙源圖
髡殘

偶成 우성

朱熹[*] 주희

少年易老學難成　　　소년이로학난성
一寸光陰不可輕　　　일촌광음불가경
未覺池塘春草夢　　　미교지당춘초몽
階前梧葉已秋聲　　　계전오엽이추성

* 주자朱子로 불린다.

우연히 짓다

주희

소년은 늙기 쉽고 배움은 이루기 어려우니
잠깐의 세월인들 가벼이 할 수 없으리.
뜨락 연못 봄풀의 꿈도 아직 채 안 깼는데
계단 앞 오동잎은 벌써 가을 소리로세.

探春* 탐춘

戴益 대익

盡日尋春不見春   진일심춘불견춘

杖藜踏破幾重雲   장려답파기중운

歸來試把梅梢看   귀래시파매초간

春在枝頭已十分   춘재지두이십분

* 원작은 唐 無盡藏 比丘尼 당 무진장 비구니.
  기-결은 같으나 승-전은 다음과 같다. 자료에 따라 일부 다르기도 하다.
  芒鞋踏遍隴頭雲   망혜답편롱두운
  歸來偶把梅花嗅   귀래우파매화후

봄을 찾아서

대익

온종일 봄을 찾았지만 찾지 못하고
지팡이 짚고 몇 겹의 구름만 밟고 다녔네.
돌아와 매화가지 끝을 잡고서 보니
봄은 이미 그 가지 끝에 가득 피어있었네.

짚신 신고 고개 머리 구름 밟고 다니다가
돌아와서 우연히 매화 향기 맡아보니

元^원

憑欄人 빙란인

姚燧 요수

欲寄君衣君不還　　욕기군의군불환

不寄君衣君又寒　　불기군의군우한

寄與不寄間　　　　기여불기간

妾身千萬難　　　　첩신천만난

난간에 기댄 사람

요수

님에게 옷 부쳐드리자니 님 안 돌아오실 것 같고
님에게 옷 안 부쳐드리자니 님 또 추우실 것 같고
부치느냐 안 부치느냐
이 몸 너무나 어렵네.

點絳唇 점강순

關漢卿 관한경

滿腹閒愁　　　　만복간수

數年禁受　　　　수년금수

天知否　　　　　천지부

天若是知我情由　천약시지아정유

怕不待和天瘦　　파부대화천수

진홍 입술에 점 찍다

관한경

배에 가득한 남모를 시름
여러 해 겪어왔거늘
하늘은 아시는지 모르시는지.
하늘이 만약 내 마음 이런 까닭을 알고 있다면
하늘도 어쩔 수 없는 게 걱정돼 몸이 야위리.

吟偏春風十萬枝 苦尋何處
更題詩空逢齊後簾 高捲一對藤
花夕照時 渡堂李鱓寫於古栢山房

松藤圖
李鱓

花竹棲禽圖
王武

秋思 추사

馬致遠 마치원

枯藤老樹昏鴉	고등로수혼아
小橋流水人家	소교류수인가
古道西風瘦馬	고도서풍수마
夕陽西下	석양서하
斷腸人在天涯	단장인재천애

가을 생각*

마치원

마른 등나무 늙은 나무 저물녘 까마귀
작은 다리 흐르는 물 그리고 인가
옛길 서풍 그리고 야윈 말
석양은 서쪽으로 내려앉고
애끓는 이 사람 하늘가에 있네.

*   원곡元曲 〈천정사天淨沙〉에 나오는 시이다.

即時 즉시

喬吉 교길

鶯鶯燕燕春春	앵앵연연춘춘
花花柳柳真真	화화류류진진
事事風風韻韻	사사풍풍운운
嬌嬌嫩嫩	교교눈눈
停停當當人人	정정당당인인

즉흥

교길

꾀꼬리다 꾀꼬리다, 제비다 제비다, 봄이구나 봄이구나.

꽃이다 꽃이다, 버들이다 버들이다, 진짜구나 진짜구나.

일마다 일마다, 바람마다 바람마다, 운치구나 정취구나.

곱고도 곱구나, 여리고도 여리구나.

딱이다 딱이다, 제대로다 제대로다, 사람이네 사람이네.

明 명

京師得家書 경사득가서

袁凱 원개

江水一千里　　　강수일천리
家書十五行　　　가서십오행
行行無別語　　　행행무별어
只道早還鄉　　　지도조환향

집에서 온 편지를 남경에서 받다

원개

강물은 천 리나 흐르건만

집에서 온 편지는 열다섯 줄.

줄마다 특별한 말은 없고

그저 일찍 돌아오라는 이야기뿐.

尋胡隱君 심호은군

高啓 고계

渡水復渡水	도수부도수
看花還看花	간화환간화
春風江上路	춘풍강상로
不覺到君家	불각도군가

호 은자를 찾아서

고계

물을 건너고 또 물을 건너고
꽃을 보고 또 꽃을 보고
봄바람 부는 강 윗길
그대 집에 다 온 줄도 몰랐네.

審定乾隆

仙山楼閣圖
仇英

山中示諸生 산중시제생

王守仁* 왕수인

溪邊坐流水　　계변좌류수
水流心共閒　　수류심공한
不知山月上　　부지산월상
松影落依斑　　송영락의반

* 왕양명王陽明이라고도 한다. 양명학의 창시자이다. 양명은 그의 호號이다.

산중에서 제자들에게 보여주다

왕수인

시냇가에 앉으니 흐르는 물

물이 흐르니 마음도 더불어 한가롭네.

산에 달이 떠오른 줄도 몰랐는데

솔 그림자 떨어져 옷자락에 무늬 놓네.

清^청

好了歌 호료가

曹雪芹 조설근

世人都曉神仙好　　세인도효신선호
惟有功名忘不了　　유유공명망불료
古今將相在何方　　고금장상재하방
荒塚一堆草沒了　　황총일퇴초몰료

世人都曉神仙好　　세인도효신선호
只有金銀忘不了　　지유금은망불료
終朝只恨聚無多　　종조지한취무다
及到多時眼閉了　　급도다시안폐료

世人都曉神仙好　　세인도효신선호
只有嬌妻忘不了　　지유교처망불료
君生日日說恩情　　군생일일설은정
君死又隨人去了　　군사우수인거료

호료가[*]

조설근

사람이 모두 신선이 좋은 줄 알면서도
오직 공명 두 글자를 잊지 못하네.
그러나 영웅재상이 지금 어떤고
모두 다 무너진 무덤의 풀 밑에 있네.

사람이 모두 신선이 좋은 줄 알면서도
단지 금은보화를 잊지 못하네.
어둡도록 바둥대며 돈을 벌어서
요행히 부자 되어도 눈 감게 되네.

사람이 모두 신선이 좋은 줄 알면서도
단지 아내의 정에 끌려 되지 못하네.
남편이 살았을 땐 매일 정을 속삭여도
세상 먼저 떠나면 딴 사람 따라가네.

[*] 소설 《홍루몽紅樓夢》에 나오는 시이다.

世人都曉神仙好　　세인도효신선호
只有兒孫忘不了　　지유아손망불료
癡心父母古來多　　치심부모고래다
孝順子孫誰見了　　효순자손수견료

사람이 모두 신선이 좋은 줄 알면서도
오직 자녀의 정에 끌려 되지 못하네.
자식 사랑으로 눈먼 부모 옛날부터 많아도
효도하는 순한 자손 어느 누가 보았나.

銷夏詩 소하시

袁枚 원매

不著衣冠近半年　　부저의관근반년
水雲深處抱花眠　　수운심처포화면
平生自想無官樂　　평생자상무관락
第一驕人六月天　　제일교인륙월천

여름 나기

원매

반 년 가까이나 의관 갖춰 입지 않고
물안개 짙은 데서 꽃을 안고 잠드네.
한평생 스스로 벼슬 없음 낙 삼으니
무엇보다 유월 하늘 남에게 뻐기려네.

冬夜 동야

黃景仁 황경인

空堂夜深冷　　　공당야심랭
欲掃庭中霜　　　욕소정중상
掃霜難掃月　　　소상난소월
留取伴明光　　　류취반명광

겨울밤

황경인

빈집에 밤이 깊어 썰렁하기에
마당의 서리라도 쓸어볼까 했는데
서리는 쓸어도 달빛 쓸긴 어려워
그대로 남겨두어 밝은 빛 짝을 삼네.

倣范寬谿山行旅圖
董其昌

空山春雨圖 공산춘우도

戴熙 대희

空山足春雨   공산족춘우

緋桃間丹杏   비도간단행

花發不逢人   화발불봉인

自照溪中影   자조계중영

빈 산에 내리는 봄비 그림

대희

텅 빈 산에 촉촉이 봄비가 내려서
울긋불긋 피어난 복숭아꽃 살구꽃.
꽃은 피어도 봐줄 사람 못 만나니
스스로 시냇물에 그림자 비춰보네.

작자 연대

당 **唐**	리백 최호 고적 상건 李白701, 崔顥704경, 高適706, 常建708, 두보 잠삼 장욱 우량사 杜甫712, 岑參715, 張旭7??, 于良史 위응물 맹교 장적 설 7??, 韋應物737, 孟郊751, 張籍767, 薛 도 백거이 류우석 리신 濤768, 白居易772, 劉禹錫772, 李紳 류종원 원진 가도 772, 柳宗元773, 元稹779, 賈島779, 호령능 리하 두추랑 두 胡令能785, 李賀791, 杜秋娘791경, 杜 목 리상은 온정균 고병 牧803, 李商隱812, 溫庭筠812, 高駢 라업 위장 전후 륙 821, 羅鄴825, 韋莊836, 錢珝8??, 陸 구몽 龜蒙8??
송 **宋**	범중엄 매요신 소순흠 范仲淹989, 梅堯臣1002, 蘇舜欽1008, 왕안석 소식 황정견 王安石1021, 蘇軾1037, 黃庭堅1045, 진사도 호헌 범성대 陳師道1053, 胡憲1086, 范成大1126, 양만리 주희 대익 楊萬里1127, 朱熹1130, 戴益12??

<ruby>元<rt>원</rt></ruby>	<ruby>姚燧<rt>요 수</rt></ruby>1239, <ruby>關漢卿<rt>관 한 경</rt></ruby>1241, <ruby>馬致遠<rt>마 치 원</rt></ruby>1 2 5 0, <ruby>喬吉<rt>교 길</rt></ruby>1280
<ruby>明<rt>명</rt></ruby>	<ruby>袁凱<rt>원 개</rt></ruby>13??, <ruby>高啓<rt>고 계</rt></ruby>1336, <ruby>王守仁<rt>왕 수 인</rt></ruby>1472
<ruby>淸<rt>청</rt></ruby>	<ruby>曹雪芹<rt>조 설 근</rt></ruby>1715, <ruby>袁枚<rt>원 매</rt></ruby>1716, <ruby>黃景仁<rt>황 경 인</rt></ruby>1 7 4 9, <ruby>戴熙<rt>대 희</rt></ruby>1801

중국 한시
그림 시집 2

2019년 2월 15일 1판 1쇄 박음
2019년 2월 26일 1판 1쇄 펴냄

편역자 이수정
펴낸이 김철종 박정욱
편집 김효진 **디자인** 이정현 **마케팅** 손성문
인쇄제작 정민문화사

펴낸곳 에피파니
출판등록 1983년 9월 30일 제1 - 128호
주소 110 - 310 서울시 종로구 삼일대로 453(경운동) KAFFE빌딩 2층
전화번호 02)701 - 6911 **팩스번호** 02)701 - 4449
전자우편 haneon@haneon.com **홈페이지** www.haneon.com

ISBN 978-89-5596-866-8 04820
ISBN 978-89-5596-864-4 (세트)

이 도서의 국립중앙도서관 출판예정도서목록(CIP)은 서지정보유통지원시스템 홈페이지
(http://seoji.nl.go.kr)와 국가자료공동목록시스템(http://www.nl.go.kr/kolisnet)에서
이용하실 수 있습니다.(CIP제어번호: 2019005506)